'우리가 정말 알아야 할 우리 고전' 기획 위원

고운기 | 한양대학교 국문학과와 연세대학교 대학원을 졸업했다.
　　　　현재 한양대학교 문화콘텐츠학과 교수이다.
김성재 | 숙명여자대학교 국문학과를 졸업하고 같은 대학원을 수료했다.
　　　　고전을 현대어로 옮기는 일에 관심을 갖고 꾸준히 작업하고 있다.
김　영 | 연세대학교 국어국문학과와 같은 대학원을 졸업했다.
　　　　현재 인하대학교 국어교육과 교수이다.
김현양 | 연세대학교 국어국문학과와 같은 대학원을 졸업했다.
　　　　현재 명지대학교 방목기초교육대학 교수이다.

우리가 정말 알아야 할 우리 고전
심생전 · 운영전

초판 1쇄 발행 | 2004년 2월 5일
초판 7쇄 발행 | 2013년 8월 30일

글 | 이대형
그림 | 이정인
펴낸이 | 조미현

인쇄 | 영프린팅
제책 | 쌍용제책사

펴낸곳 | (주)현암사
등록 | 1951년 12월 24일 · 제10-126호
주소 | 121-839 서울 마포구 서교동 481-12
전화번호 | 365-5051 · 팩스 | 313-2729
전자우편 | editor@hyeonamsa.com
홈페이지 | www.hyeonamsa.com

글 ⓒ 이대형 2004
그림 ⓒ 이정인 2004

ISBN 978-89-323-1209-5 03810

심생전 · 운영전

우리가 정말 알아야 할 우리 고전

글=이대형 그림=이정인

심생전 · 운영전

ⓖ현암사

우리 고전 읽기의 즐거움

문학 작품은 사회와 삶과 가치관을 총체적으로 담고 있는 문화의 창고이다. 때로는 이야기로, 때로는 노래로, 혹은 다른 형식으로 갖가지 삶의 모습과 다양한 가치를 전해 주며, 읽는 이에게 기쁨과 위안을 주는 것이 문학의 힘이다.

　고전 문학 작품은 우선 시기적으로 오래된 작품을 말한다. 그러므로 낡은 이야기일 수 있다. 그러나 그 속에 담긴 가치와 의미는 결코 낡은 것이 아니다. 시대가 바뀌고 독자가 달라져도 고전이라는 이름으로 여전히 많은 사람에게 읽히는 작품 속에는 인간 삶의 본질을 꿰뚫는 근본적인 가치가 담겨 있다. 그것은 시대에 따라 퇴색되거나 민족이 다르다고 하여 외면될 수 있는 일시적이고 지역적인 것이 아니다. 시대와 민족의 벽을 넘어 사람이면 누구나 공감할 수 있는 보편적이고 세계적인 것이다. 그렇기 때문에 우리가 톨스토이나 셰익스피어 작품에서 감동을 느끼고, 심청전을 각색한 오페라가 미국 무대에서 갈채를 받을 수도 있다.

　우리 고전은 당연히 우리 민족이 살아온 삶의 궤적을 담고 있다. 그 속에 우리의 지난 역사가 있고 생활이 있고 문화와 가치관이 있다. 타인에게 관대하고 자신에게 엄격한 공동체 의식, 선비 문화 속에 녹아 있던 자연 친화 의식, 강자에게 비굴하지 않고 고난에 굴복하지 않는 당당하고 끈질긴 생명력, 고달픈 삶을 해학으로 풀어내며 서러운 약자에게는 아름다운 결말을 만들어 주는 넉넉함…….

　사람과 사람, 사람과 자연의 '어울림'을 중요하게 생각했던 우리의 가치관은 생활 속에 그대로 녹아서 문학 작품에 표현되었다. 우리 고전 문학 작품에는 역사가 기록하지 않은 서민의 일상이 사실적으로 전개되며 우리의 토속 문화와 생활, 언어, 습속이 구체적으로 드러난다. 작품 속 인물들이 사는 방식, 그들이 구사하는 말, 그들의 생활 도구와 의식주 모든 것이 우리의 피 속에 지금도 녹아 흐르고 있음이 분명하지만 우리 의식에서는 이미 잊힌 것들이다.

그것은 분명 우리 것이되 우리에게 낯설다. 고전을 읽음으로써 우리는 일상에서 벗어나 그 낯선 세계를 체험하는 기쁨을 얻게 된다. 몰랐던 것을 새롭게 아는 것이 아니라 잊었던 것을 되찾는 신선함이다. 처음 가는 장소에서 언젠가 본 듯한 느낌을 받을 때의 그 어리둥절한 생소함, 바로 그 신선한 충동을 우리 고전 작품은 우리에게 안겨 준다. 거기에는 일상을 벗어났으되 나의 뿌리를 이탈하지 않았다는 안도감까지 함께 있다. 그것은 남의 나라 고전이 아닌 우리 고전에서만 받을 수 있는 선물이다.

우리 고전을 읽어야 한다는 데는 이미 많은 사람이 공감한다. 고전 읽기를 통해서 내가 한국인임을 자각하고, 한국인이 어떻게 살아 왔으며, 어떻게 살아가야 할지 알게 하는 문화의 힘을 느낄 수 있다.

하지만 고전은 지난 시대의 언어로 쓰인 까닭에 지금 우리가, 우리의 청소년이 읽으려면 지금의 언어로 고쳐 쓰는 작업이 반드시 선행되어야 한다. 우리가 쉽게 접하는 세계의 고전 작품도 그 나라 사람들이 시대마다 새롭게 고쳐 쓰는 작업을 거듭한 결과물이다. 우리는 그런 작업에서 많이 늦은 것이 사실이다. 이제라도 우리 고전을 새롭게 고쳐 쓰는 작업을 할 수 있는 것은 우리의 문화 역량이 여기에 이르렀다는 반증이다.

현재 우리가 겪는 수많은 갈등과 문제를 극복할 해결의 실마리를 고전 속에서 찾을 수 있다고 확신하면서 우리 고전을 지금의 언어로 고쳐 쓰는 작업을 시작한다. 이 작업은 여기에서 멈추지 않고 앞으로도 시대에 맞추어 꾸준히 계속될 것이다. 또 고전을 읽는 데서 끝나지 않을 것이다. 우리 고전은 우리의 독자적 상상력의 원천으로서, 요즘 시대의 화두가 된 '문화 콘텐츠'의 발판이 되어 새로운 형식, 새로운 작품으로 끝없이 재생산되리라고 믿는다.

'우리가 정말 알아야 할 우리 고전'을 기획하면서 우리는 다음과 같은 몇 가지 원칙을 세웠다.

먼저 작품 선정에서 한글·한문 작품을 가리지 않고, 초·중·고 교과서에 수록된 작품을 우선하되 새롭게 발굴한 것, 지금의 우리에게도 의미 있고 재미있는 작품을 포함시키기로 하였다.

그와 함께 각 작품의 전공 학자들이 적극적으로 참여하여 판본 선정과 내용 고증에 최대한 정성을 쏟았다. 아울러 원전의 내용과 언어 감각을 훼손하지 않으면서도 글맛을 살리기 위해 윤문 과정을 여러 차례 거쳤다.

마지막으로 시각 효과를 높이기 위해 내용에 맞는 그림을 곁들였다. 그림

만으로도 전체 작품의 흐름을 알 수 있도록 화가와 필자가 협의하여 그림 내용을 구성했으며, 색다른 그림 구성을 위해 순수 화가를 영입하였다.

경험은 지혜로운 스승이다. 지난 시간 속에는 수많은 경험이 농축된 거대한 지혜의 바다가 출렁이고 있다. 고전은 그 바다에 떠 있는 배라고 할 수 있다.

자, 이제 고전이라는 배를 타고 시간 여행을 떠나 보자. 우리의 여행은 과거에서 출발하여 앞으로 미래로 쉼 없이 흘러갈 것이며, 더 넓은 세계에서 더 많은 사람을 만나며 끝없이 또 다른 영역을 개척해 갈 것이다.

2004년 1월
기획 위원

글 읽는 순서

심생전

沈生傳

심생은 서울에 사는 스무 살 된 선비다. 얼굴이 잘생겼고 성격은 쾌활하다.

하루는 심생이 종로에서 임금님 거둥을 구경하고 돌아가는 길이었다. 덩치 좋은 어떤 여종이 자줏빛 비단보자기로 여자를 씌워서 업고 가는 것을 보았다. 그 뒤로는 계집아이 하나가 붉은 비단신을 들고 따라가고 있었다.

심생이 여자의 몸을 어림짐작해 보니 어린애가 아니었다. 그래서 놓치지 않고 뒤를 따라갔다. 뒤따르기도 하고 소매로 스치며 지나가기도 하면서 눈을 보자기에서 떼지 않았다. 그렇게 작은 광통교에 도달했는데 문득 회오리바람이 앞에서 일어났다. 그 바람에 자줏빛 보자기가 반쯤 벗겨졌다. 모습이 드러난 여자는, 발그레한 뺨과 선명한 눈썹에 녹색 저고리와 붉은 치마를 입고 화장을 곱게 하였으니, 잠깐 보았는데도 매우 아름다웠다.

여자도 보자기 속에서 어렴풋하게 미소년을 보고 있었다. 남색 옷을 입고 초립*을 쓰고는 앞서거니 뒤서거니 하며 따라오기에 보자기 사이로 쳐다보고 있었다. 그러다가 보자기가 벗겨지니, 반짝이는 네 눈동자가 서로 부딪히게 되었다. 여자는 놀라기도 하고 부끄럽기도 하여 보자기를 추스르고는 다시 나아갔다.

심생이 이를 놓치겠는가? 곧장 따라가니, 소공동 홍살문* 근처에서 여자는

* 초립(草笠) | 스무 살이 되어 성인식인 관례(冠禮)를 한 젊은 남자가 쓰던, 가는 풀로 만든 갓.
* 홍살문 | 궁전, 관청, 능, 원, 묘 따위의 앞에 세우는 붉은 칠을 한 문.

어떤 집 문으로 들어갔다. 심생은 멍하니 오랫동안 머뭇거리다가 이웃 노파에게 그 집에 대하여 자세히 물었다. 그곳은 호조*의 회계사였다가 나이 들어 퇴임한 사람의 집이었다. 딸만 하나 있는데 나이는 열 예닐곱이고 아직 결혼하지 않았다고 하였다. 여자가 있는 곳을 묻자 노파가 가리키며 말하였다.

"이 좁은 길을 따라가면 회칠한 담장이 있어요. 담장 안에 작은 방이 있고요. 그게 바로 처녀가 있는 곳이라오."

심생은 이 말을 듣고는 떨쳐 버릴 수가 없었다. 그 날 저녁, 집에다가 거짓말을 하였다.

"친구가 밤에 같이 있자고 하네요. 오늘 밤부터 가야겠어요."

그리하여 저녁 8시쯤 그 집으로 가서 담장을 뛰어넘어 들어갔다. 초승달은 은은하고 창 옆으로 꽃과 나무가 아담하게 보이고 등불이 창문에 밝게 비쳤다. 심생은 벽에 기대거나 처마 밑에 앉아 숨을 죽인 채 방 안을 살폈다.

방 안에는 두 여종이 있고, 여자는 낮은 목소리로 소설책을 읽고 있었다. 책 읽는 소리가 꾀꼬리 소리처럼 맑았다. 밤 12시경이 되어서 여종들은 벌써 깊이 잠들었지만, 여자는 그제야 등불을 끄고 잠자리에 들었다. 그러고는 오래도록 잠을 못 이루고 몸을 뒤척였다. 무언가 고민이 있는 듯했다. 심생은 잠을 잘 수 없었고 소리도 낼 수 없었다. 그러다가 새벽종이 울려서 다시 담장을 넘어 나왔다. 이후로 항상 그렇게 저녁 때 가서 새벽에 돌아왔다.

이렇게 20여 일이 지났다. 심생은 여전히 거르지 않고 계속하였다. 여자는 처음엔 소설을 읽거나 바느질을 하다가 한밤중이 되면 등불을 끄고 잠을 자거나 잠 못 들기도 하였다. 육칠 일이 지난 어느 날이었다. 여자는 문득 몸이 불편하다며 초저녁에 잠자리에 들었다. 그러나 잠을 못 이루고 자주 벽을 치

* 호조(戶曹) | 나라의 살림을 담당하던 기관.

면서 한숨을 내쉬곤 하였다. 그 소리가 창문 밖까지 들렸다.

날이 갈수록 여자의 그런 행동이 심해졌다. 20일째 되어서는 여자가 문득 마루로 나와서는 벽을 따라 심생이 앉아 있는 곳까지 나왔다.

심생은 어둠 속에서 후다닥 일어나서 여자를 붙들었다. 여자는 조금도 놀라지 않고 소리를 낮추어 말하였다.

"그대는 작은 광통교에서 만난 분이 아닌가요? 저는 그대가 여기 온 지 벌써 20일이나 된 것을 알고 있답니다. 저를 붙잡지 마세요. 한 번 소리치면 그대는 다시 나가지 못해요. 저를 놓아주시면 문을 열어 주겠어요. 빨리 놔주세요."

심생이 그 말을 믿고는 물러나 기다렸다.

여자는 다시 빙 돌아 들어갔다. 자기 방에 도착해서는 여종을 불러 말하였다.

"어머니 계신 곳에 가서 큰 자물쇠를 가져오너라. 밤이 어두워 무섭구나."

여종이 윗방으로 가더니 얼마 안 있어 자물쇠를 가져왔다. 여자는 열어 준다고 약속한 뒷문을 확실하게 잠갔다. 그리고 손으로 자물쇠를 만지며 일부러 잠그는 소리를 내었다. 여자는 방에 들어가 등불을 끄고 소리 없이 잠자는 척하였다. 그러나 사실은 잠들지 못했다.

심생은 속은 것이 안타까웠다. 그래도 얼굴 한 번 본 것으로 위안을 삼았다. 그렇게 걸어 잠근 문 밖에서 다시 밤을 지새우고 새벽에 돌아왔다. 다음 날도 가고 그 다음 날에 또 갔다. 심생은 문이 잠겼다고 해서 조금도 게을리 하지 않았다. 비가 내릴 때는 우비를 쓰고 갔다. 비에 젖는 것도 거리끼지 않았다.

이와 같이 다시 10여 일이 지난 어느 날이다. 온 집안이 모두 잠에 빠지고 여자 역시 등불을 끈 지 오래된 한밤중. 여자가 별안간 벌떡 일어나 여종을 불러서는 등불을 밝히라고 하였다.

"너희는 오늘 밤 윗방에 가서 자거라."

두 여종이 문을 나서자 여자는 벽 위에서 열쇠를 꺼내어 자물쇠를 끌렀다. 그리고 뒷문을 활짝 열고는 심생을 불렀다.

"방으로 드시지요."

심생은 생각할 겨를도 없이 벌써 몸이 방에 들어와 있었다. 여자는 다시 문을 잠그고 심생에게 말하였다.

"잠시만 앉아 계세요."

그러고는 윗방으로 가서 부모를 모셔왔다. 여자의 부모는 심생을 보고 매우 놀랐다. 여자가 말하였다.

"놀라지 마시고 제 말을 들어 보세요. 제 나이 열일곱에 여태껏 문을 나가 본 적이 없어요. 한 달 전 우연히 임금님 거둥을 보러갔다가 돌아오는 길에 작은 광통교를 지나게 되었어요. 그때 바람이 불어서 보자기가 날리는 통에, 마침 선비와 눈이 마주쳤지요. 그 날 저녁부터 선비는 밤마다 오지 않은 적이 없었어요. 이 문 아래 숨어 기다린 지 벌써 30일이 된답니다. 비 오는 날도 오고 추워도 오고. 문을 잠그고 거절해도 계속 왔어요. 저는 오래전부터 알고 있었어요. 만일 저녁 때 들어와서 새벽에 나가는 것을 이웃들이 알게 되면, 창문 밖에서 홀로 있었다고 어느 누가 생각하겠어요? 사실은 그렇지 않지만 비난을 받을 테지요. 저 분은 양반 자제로서 젊은 나이에 혈기가 왕성해서 벌이 꽃을 탐하는 것만 알아요. 물불을 가리지 않으니, 며칠 안 가서 병이 나지 않겠어요? 병이 나서 일어나지 못하면 내가 죽인 것은 아니지만 결국 내가 죽인 것이나 다름없어요. 다른 사람들이 모른다 해도 반드시 하늘이 보복할 거예요. 게다가 저는 중인* 집의 딸에 불과하고, 꽃을 부끄럽게 할 만큼 미모도

* 중인(中人) | 양반과 평민 사이에 있는 신분.

뛰어나지 않는데, 선비께서 제게 정성을 들이는군요. 이렇게 노력하는데 선비를 따르지 않는다면 하늘이 미워하셔서 벌을 내리시겠지요. 저는 결정했어요. 부모님께서는 걱정하지 마세요. 아! 부모님 연세가 많으시고 형제가 없어서, 데릴사위를 얻으려고 했어요. 살아 계실 때 봉양을 다하고 돌아가시면 제사를 받드는 것이 제 바람인데, 일이 이렇게 되고 마는군요. 이것은 운명이니 말한들 어쩌겠어요?"

부모는 뭐라고 할 말이 없었다. 심생 역시 할 말이 없었다. 이윽고 여자와 같이 자게 되었으니 그 기쁨이 어떻겠는가?

이 날 저녁 처음으로 방에 들어간 후부터 날마다 저녁이면 가서 새벽에 돌아오곤 하였다. 여자 집은 본래 부자라서 심생에게 좋은 의복을 많이 주었다. 하지만 심생은 집에서 이상하게 생각할까봐 옷을 입지 못하고 깊이 숨겨 두었다.

심생의 집에서는 심생이 밖에서 자는 날이 길어지자 의심하고는 산사山寺로 가서 공부하라고 하였다. 심생은 속으로 원망하였으나 집에서 재촉하고 친구들에게 이끌려 북한산성으로 책을 싸서 올라가 선방*에 머물렀다.

한 달이 될 즈음 여자의 편지가 도착하였다. 펼쳐보니, 영영 이별을 고하는 유서였다. 여자는 이미 죽은 것이다. 편지는 이러하다.

봄추위가 아직 매서운데 산사에서 공부하시면서 안녕하신지요. 사모하는 마음을 하루라도 잊을 수 없답니다. 저는 낭군이 나가신 뒤 우연히 병이 들었어요. 병은 점점 깊어져 약을 먹어도 소용없으니, 이제 정말 죽을 것 같습니다. 저처럼 복 없는 사람이 산다고 또 뭐하겠어요? 다만 세 가지 큰 한이 가슴에 맺혀, 죽어도 눈을 감기 어려울 것 같아요.

저는 무남독녀로서 부모님의 사랑을 받았답니다. 장차 데릴사위를 얻어 부모님이 늙으셨을 때 의지하려고 하였는데, 뜻하지 않게 나쁜 인연이 얽힌 거죠. 넝쿨이

외람되이 큰 소나무에 의탁하였으나 결혼의 계획은 어그러졌습니다. 그래서 우울하여 병이 들고 결국 죽음에 이르게 된 것이요, 늙으신 부모는 의지할 곳이 없어진 것이죠. 이것이 첫번째 한입니다.

여자가 시집가면 종이라 하더라도 기생이 아니라면 남편이 있고 시부모가 계시죠. 시부모가 모르는 며느리는 세상에 없습니다. 저는 사람들의 눈을 피하여, 몇 달이 되도록 낭군의 늙은 여종 한 명 보지 못하였어요. 살아서는 행실이 바르지 못하고 죽어서는 돌아갈 곳 없는 혼백이 되겠죠. 이것이 두 번째 한입니다.

부인이 남편을 섬기는 것은 음식을 만들어서 받들고 옷을 지어 드리는 것입니다. 낭군을 만난 시간이 짧지만은 않고 손수 지은 의복 또한 적지 않죠. 그런데도 낭군께 집에서 밥 한 그릇 드시게 하지 못하고 옷 한 벌 입혀드리지 못하였어요. 낭군을 모신 것은 잠자리뿐이니, 이것이 세 번째 한입니다.

만난 지 얼마 되지 않아 갑자기 이별하게 되어 병들고 죽게 되는군요. 얼굴을 뵐 수 없는 것은 저의 슬픔일 뿐이지 어찌 낭군께 말씀드리겠어요? 생각이 이에 미치니 애가 끊어지고 뼈가 녹으려 하네요. 약한 풀이 바람에 눕고 떨어진 꽃이 진흙이 되어도 깊고 깊은 이 한은 어느 때 사라지겠습니까? 아아! 만남은 이로써 끝이군요. 낭군께서는 못난 저를 생각하지 마시고 열심히 공부하여 성공하시기 바랍니다.

몸 성히 안녕히 계세요. 안녕히 몸 성히 계세요.

심생은 편지를 보고 울음과 눈물을 멈출 수 없었다. 그러나 통곡한다 한들 어쩔 수 없었다.

그 후 심생은 공부를 그만두고 무과武科에 응시하여 금오랑*이 되었는데,

---

* 선방(禪房) | 참선하는 방. 사찰.
* 금오랑(金吾郎) | 주로 재판을 담당하던 기관인 의금부에서 관리를 감찰하던 관직.

그 또한 일찍 죽었다.

매화외사*가 말한다.

내가 서당에서 공부하던 열두 살 때 날마다 친구들과 옛날이야기 듣기를 좋아하였다. 하루는 선생님이 심생의 일을 자세히 말씀하셨다.

"심생은 내 어릴 적 동무란다. 산사에서 편지를 보고 통곡할 때 내가 보고는 그 일을 듣게 되었구나. 지금도 잊을 수 없단다. 너희보고 이런 풍류남아를 본받으라고 하는 게 아니니라. 사람이 반드시 얻고자 하면 방 안에 있는 여자라도 얻을 수 있는 것이야. 하물며 공부나 시험은 말할 나위가 있겠느냐?"

그 이야기를 들을 때는 새로운 이야기라고 생각하였는데, 후에 『정사』*를 읽어 보니 이와 같은 이야기가 많았다. 이제 기록하여 『정사』의 보충으로 삼는다.

---

* 매화외사(梅花外史) | 이 글을 지은 이옥(李鈺, 1760~1812)의 호.
* 『정사(情史)』 | 남녀간의 사랑을 다룬 중국 이야기 모음집.

운영젼

雲英傳

수성궁壽城宮은 안평대군*이 살던 집이다. 서울 서쪽 인왕산 아래 산과 시냇물이 아름다운 곳에 있다. 사직단*이 남쪽에 있고 경복궁이 동쪽에 있다. 인왕산 한 줄기가 내려오다가 수성궁 가까이에서 우뚝 솟아 있다. 그리 높지는 않으나 올라가서 굽어보면 시가지와 성안 가득한 집이 바둑판처럼 펼쳐져 또렷하다. 동쪽을 보면, 궁궐들이 아득하고 높으며 구름과 연기가 아침저녁으로 피어오르니, 진정 아름다운 곳이라 할 만하다. 한때 술꾼, 가수, 피리장이, 시인 등이 꽃피는 봄이나 단풍드는 가을이면 날마다 그곳에 찾아가 노래를 부르며 돌아가기를 잊곤 하였다.

청파동에 사는 선비 유영柳泳은 이곳 경치가 좋다는 소문을 듣고 한번 가 보고 싶었다. 하지만 옷이 남루하고 얼굴이 꾀죄죄해서 사람들이 비웃을까봐 주저하였다. 그러다가 1601년 3월 16일에 막걸리 한 병을 사들고, 종도 없고 친구도 없이 술병을 차고 수성궁 문으로 들어섰다. 그를 보는 사람마다 손가락질하며 웃어댔다. 유영은 부끄러워서 후원으로 들어갔다. 전란을 겪고 난 뒤라 궁궐과 건물이 많이 사라지고 무너진 담장과 부서진 기왓장, 허물어진 섬돌에 초목만 무성한데, 동쪽 행랑 서너 칸만이 우뚝 서 있었다. 서쪽 후원으로 들어갔다. 그윽한 분위기에 온갖 꽃이 무성하게 피어 연못에 비치며

---

* 안평대군(安平大君) | 조선시대 세종의 셋째 아들. 수양대군이 김종서(金宗瑞) 등을 죽일 때 함께 몰려 강화(江華)에서 죽었다.
* 사직단(社稷壇) | 국토신을 모시는 국사단(國社壇)과 오곡신을 모시는 국직단(國稷壇)이 있는 곳.

땅에 가득 꽃잎이 떨어져 있었다. 인적은 없는데 바람이 잔잔하게 불어 향기가 그윽하였다.

유영은 바위에 앉아 동파*의 시 "조원각*에 오르매 봄은 반나마 저물어, 땅가득 꽃이 져도 쓰는 이 없네." 구절을 읊조렸다. 그리고 술병을 끌러 마시고는 취해서 바위에 누워 돌을 베개로 삼았다.

잠시 후 술이 깨어 눈을 떠보니, 사람들은 모두 흩어지고 달이 솟아 있었다. 저물녘 연기는 버드나무에 끼고 바람이 꽃잎을 흔드는데, 희미한 소리가 바람 따라 들려왔다. 이상해서 일어나 살펴보니, 어떤 젊은이가 미인과 마주앉아 있었다. 유영이 다가가자 젊은이가 반갑게 맞았다. 유영이 인사를 하고 물었다.

"수재*는 누구신데, 이렇게 밤에 계시오?"

젊은이는 미소 지으며 말하였다.

"옛사람이 말하길, '처음 만나도 오래된 듯하다.'고 하였으니 바로 이를 두고 말함이군요."

그들은 함께 앉아서 이야기를 나누었다.

여자가 조용히 아이를 부르자 계집종 둘이 수풀 속에서 나왔다. 여자가 종들에게 말하였다.

"오늘 밤 옛 임을 만난 곳에서 또 생각지 않은 훌륭한 손님을 만났구나. 오늘 밤은 그저 보낼 수 없으니 술상을 봐오고 붓과 벼루도 가져오너라."

두 계집종이 명을 받들고 가더니 곧 돌아왔다. 날아갔다가 온 듯했다. 유리

---

* 동파(東坡) | 소식(蘇軾)의 호. 중국 북송(北宋) 때 최고의 문인. 그의 글은 문장 학습의 본보기가 되어 우리나라 문인에게 큰 영향을 끼쳤다.
* 조원각(朝元閣) | 중국 여산(廬山)에 있는, 당나라 때 세운 누각.
* 수재(秀才) | 미혼 남자에 대한 존칭.

로 된 술동이엔 술이 가득하고, 은쟁반엔 진기한 과일과 안주가 담겨 있었다. 백옥 술잔으로 술을 따라 마셨다. 술과 안주가 모두 세상에서 볼 수 없는 것이었다. 술잔이 세 번 오가고, 여자는 노래를 불렀다.

깊고 깊은 곳에서 고인과 헤어지니
인연은 끝나지 않았으나 다시 볼 수 없네
구름 되고 비가 됨은 꿈이요 참이 아니라*
화창한 봄을 몇 번이나 애태웠나
지나간 일은 이미 티끌이 되었으니
공연히 사람을 눈물 흘리게 하도다.

노래가 끝나자 한숨을 쉬는데 눈물이 얼굴에 가득하였다. 유영은 이상해서 예의를 갖춰 절을 하며 말하였다.

"제가 비록 글을 잘 짓지는 못하나 일찍이 공부를 하였기에 글을 조금 압니다. 이제 노래 가사를 들으니 격조가 맑은데 뜻은 서글프니 매우 이상하군요. 오늘 밤은 달빛이 대낮처럼 밝고 맑은 바람도 불어 즐길 만한데, 슬피 우는 것은 무엇 때문입니까? 술 잔을 나누고도 이름을 말하지 않고 마음을 터놓지 않으니, 또한 섭섭합니다."

유영은 먼저 자기 이름을 말하고는 상대방을 재촉하였다. 젊은이는 탄식을 하며 대답하였다.

"이름을 말하지 않은 까닭이 있소. 당신이 억지로 알고자 하시니 알려드리는 건 어렵지 않지만, 말하자면 깁니다."

그는 한참이나 슬픈 표정을 지었다.

"저의 성은 김金입니다. 열 살에 시를 지을 줄 알았고 학교에도 다녔소. 열

네 살에 진사進士 시험에 붙었기에, 사람들이 모두 '김진사'라고 불렀지요. 저는 젊은 혈기를 억제하지 못하고, 이 여인 때문에 결국 불효자식이 되고 말았소이다. 천지의 죄인인데 죄인의 이름을 어찌하여 억지로 알고자 하시오? 이 여인의 이름은 '운영雲英'이고 저 두 아이의 이름은 '녹주綠珠'와 '송옥宋玉'입니다. 모두 옛 안평대군의 궁인宮人이지요."

유영이 말하였다.

"말을 하다가 말면 아예 말하지 않은 것만 못합니다. 안평대군의 성대했던 시절과 진사가 슬퍼하는 이유를 자세히 들을 수 있겠소이까?"

진사가 운영을 보고 말하였다.

"세월이 오래 지났는데, 당신은 그 당시의 일을 기억하오?"

운영이 대답하였다.

"가슴에 맺힌 원망을 어느 때인들 잊을 수 있겠어요? 제가 말씀드리지요. 낭군께서는 빠진 곳을 보충하세요."

그러고는 이야기를 시작하였다.

세종대왕의 대군* 여덟 분 중 안평대군께서 가장 슬기로워서 임금님이 매우 사랑하시고 많은 상을 내리셨습니다. 그래서 땅과 재물이 풍족하셨죠. 열세 살 때는 대궐 밖으로 나와 수성궁에 거처하셨어요. 안평대군께서는 열심히 공부하셨죠. 밤에는 책을 읽고 낮에는 서예를 하며 잠시도 그냥 보내지 않으셨지요. 당시 문인과 선비들이 모두 그 집에 모여 우열을 다투었답니다. 어

---

* 구름 되고 비가 됨은 꿈이요 참이 아니라(雲雨之夢) | 중국 초나라 회왕(懷王)이 꿈에 무산선녀(巫山仙女)를 만나 사랑을 나누었는데, 그 선녀가 떠나며 말하길, 아침에는 구름이 되고 저녁에는 비가 되겠다고 하였다. 이후 남녀의 사랑을 뜻하게 되었다.
* 대군(大君) | 임금의 정처(正妻)가 낳은 아들.

떤 때는 밤이 되도록 토론하기를 게을리 하시지 않았지요. 대군께서는 글씨에 더욱 공을 들여서 명필로 전국에 유명했습니다. 문종文宗께서 태자로 계실 때 매번 집현전 학사들과 안평대군의 글씨를 논평하셨죠.

"내 아우가 중국에서 태어났으면 왕희지*에게는 미치지 못하더라도 조맹부*보다는 나을 거야?"

그렇게 칭찬을 마지 않으셨답니다.

하루는 대군께서 궁인들에게 말씀하셨지요.

"천하의 모든 재주는 반드시 조용한 곳에 가서 공을 들인 다음에야 이루어졌느니라. 북쪽 성문 밖은 산천이 조용하고 인가에서 떨어져 있으니 이곳에 집을 지어야겠다."

즉시 십여 칸 건물을 짓고는 '비해당匪懈堂'이라 하였어요. 게으르지 말라는 뜻이죠. 그리고 그 옆에 다시 단을 쌓아 이름을 '맹시단盟詩壇'이라 하였지요. 시를 좋아하는 사람들이 모이는 곳이라는 거죠. 당시 문장으로 이름난 이들은 모두 그곳에 모였어요. 문장은 성삼문*이 최고였고 글씨는 최흥효崔興孝가 최고였답니다. 그러나 모두 대군의 실력에는 미치지 못하였어요.

하루는 대군께서 시녀들을 부르셨어요.

"하늘이 재주를 내릴 때 어찌 남자에게만 많이 주고 여자에게는 조금 주었겠느냐? 요즘 세상에서 글 잘한다고 자부하는 자는 적지 않으나 뛰어난 이가 없다. 너희도 힘써 공부하거라."

그러고는 궁녀 중 젊고 아름다운 열 사람을 골라 가르치셨어요. 먼저 한글로 된 『소학小學』을 가르쳐 읽게 한 후, 『중용中庸』, 『대학大學』, 『논어論語』, 『맹자孟子』, 『시경詩經』, 『서경書經』, 『통감通鑑』 등을 모두 가르치셨지요. 그리고 이백李白, 두보杜甫의 시와 『당음』* 등에서 수백 수를 뽑아서 가르치셨어요. 5년이 안 돼서 모두 어느 정도 실력을 쌓았죠. 대군께서 들어오시면 저희를 불러 모으시고는 보는 앞에서 시를 짓게 하셨어요. 그리고 잘잘못을 논하고 우열을 가려서 상을 주셨답니다. 뛰어난 기상은 대군께 미칠 수 없었지만, 맑은 소리나 완숙한 문체는 성당* 시인들 수준에 미칠 수 있었지요. 열 사람의 이름은, 소옥小玉, 부용芙蓉, 비경飛瓊, 비취翡翠, 금련金蓮, 보련寶輦, 은섬銀蟾, 자란紫鸞, 옥녀玉女 그리고 저 운영雲英이랍니다.

대군께서는 모두 어여삐 여기셨어요. 항상 궁중에 깊숙이 두시고는 다른 사람들과 어울리지 못하게 하셨지요. 대군께선 날마다 문사文士들과 술잔을 기울이시며 문예를 펼치셨지만 저희를 한 번도 가까이하게 한 적은 없어요. 바깥사람들이 알까봐 염려하셨던 게지요. 항상 말씀하시기를, '궁문을 나가면 사형이고, 바깥사람이 궁인의 이름을 알아도 사형이다.' 고 하셨어요.

하루는 대군께서 들어오셔서 저희를 부르셨어요.

"오늘 문사들과 술을 마시는데, 한 줄기 맑은 연기가 궁중 나무에서 일어나 궁성을 싸기도 하고 산봉우리로 날아가기도 하였느니라. 내가 먼저 오언절구五言絶句 한 수를 읊고는 손님에게 차운*하라고 하였는데, 모두 마땅치 않더구나. 너희가 나이 순서대로 시를 지어 보거라."

그래서 소옥이 먼저 지었지요.

푸른 연기 비단처럼 가늘어

* 왕희지(王羲之) | 중국 동진(東晉)의 서예가이자 문학가. 중국 역사상 가장 유명한 서예가로서 서예를 배우는 이들에게 많은 영향을 끼쳤다. 문학으로는 「난정집서(蘭亭集序)」가 유명하다.
* 조맹부(趙孟頫) | 중국 원(元)나라의 서예가이자 문학가. 그의 서체를 송설체(松雪體)라고 하며 특히 해서(楷書)는 당대 최고로 꼽혔다.
* 성삼문(成三問) | 조선 세종 때의 충신. 자는 근보(謹甫), 호는 매죽헌(梅竹軒). 집현전 학자로서 훈민정음 창제를 도움.
* 『당음(唐音)』 | 당나라 시를 뽑아서 엮은 책.
* 성당(盛唐) | 중국 당나라 시사(詩史) 구분(초당→성당→중당→만당)에서 가장 화려했던 시기. 이백(李白), 두보(杜甫), 왕유(王維), 맹호연(孟浩然) 등이 활약하였다.
* 차운(次韻) | 남이 지은 시의 운자(韻字)를 따서 시를 지음.

바람 따라 문으로 들어오니

희미하게 깊고 또 얕은데

어느덧 황혼이 가깝구나

부용의 시는 이렇습니다.

하늘로 날아 멀리 비를 몰아와

땅에 떨어져서는 다시 구름이 되네

저녁이 가까워 산 색이 어두우니

그윽한 생각이 초나라 임금을 향하네

비취의 시는 이렇습니다.

꽃 속의 벌이 힘을 잃고

새장 속 새가 깃들이지 못하네

황혼에 가랑비 내리니

빈 창가에 소슬한 소리 듣네

보련의 시는 이렇습니다.

작은 은행으로 눈동자 만들기 어려워라

외로운 대나무는 홀로 푸른빛을 지키네

가벼운 그늘은 잠깐 무거워 보이니

해는 저물고 또 황혼이 되네

비경의 시는 이렇습니다.

산 아래 찬 연기 모여들어
비스듬히 궁전 나무 옆에 날리니
바람 불어 몸을 가누지 못하는데
지는 해는 하늘에 가득하구나

은섬의 시는 이렇습니다.

낮은 고을 문을 향하여 어둡고
높은 나무에 비껴 있더니
잠시 후 홀연 날아가네
서쪽 산과 앞 냇가로

자란의 시는 이렇습니다.

산골에 이따금 그늘지게 하고
못가에 푸른 그림자 흐르네
날아가 버려 찾을 길 없더니
연잎에 이슬로 남았어라

옥녀의 시는 이렇습니다.

짧은 계곡 봄 그늘 속

서울의 습기 속에서

능히 사람을 오르게 하여

홀연 하늘나라가 되도다

금련의 시는 이렇습니다.*

해를 가린 얇은 깁 가늘고

산에 비껴 푸르고 길어라

미풍에 점차로 흩어지나

작은 연못엔 남아 있구나

저의 시는 이렇습니다.

멀리 바라보니 푸른 연기는 가늘고

아름다운 사람은 깁 짜기를 그치고

바람을 대하여 홀로 슬퍼하노니

날아가서 무산巫山에 떨어지리라

대군께서 보시면서 놀라셨지요.

"만당*의 시에 비교하더라도 우열을 가리기 힘들 거야. 성삼문 이하는 따
를 수 없겠는걸."

* 원본으로 삼은 『필사본 고전소설전집』에는 빠져 있어서 다른 이본을 참고하여 수록하였다.
* 만당(晩唐) | 중국 당나라 시인 이상은(李商隱), 두목(杜牧) 등이 활약하던 시기.

여러 번 읊조리면서 우열을 정하지 못하셨죠. 한참 후 말씀하셨어요.

"부용의 시는 초나라 임금을 사모한다는 것이 매우 잘되었다. 비취의 시는 전보다 멋스럽구나. 소옥의 시는 담백하면서 끝 구절에 은은하게 남은 뜻이 있구나.

처음 볼 때는 우열을 가리기 힘들었다. 여러 번 보니까, 자란의 시는 깊은 의미가 있어서 저절로 감탄하게 하는구나. 다른 시 역시 잘 지었다. 그런데 운영의 시만이 슬프고 누구를 그리워하는 뜻이 있구나. 누구를 그리워하는지 모르겠다. 마땅히 야단칠 것이로되 재주가 아까워서 이번은 내버려두겠다."

저는 즉시 뜰에 내려가 엎드려 울었어요.

"시를 지을 적에 우연히 나온 것이지, 어찌 다른 뜻이 있겠습니까? 주군主君께 의심을 받으니 저는 만 번 죽어도 아깝지 않을 것입니다."

대군께서 앉으라고 하시고는 말씀하셨어요.

"시는 마음에서 나오므로 감출 수 없는 것이니라. 다시 말하지 마라."

그러고는 비단 열 필을 열 사람에게 나누어 주셨습니다. 대군께서 마음을 드러내지는 않으셨지만, 저를 마음에 두신 것을 궁인들은 모두 알고 있었어요.

열 사람은 물러나 방으로 들어갔어요. 촛불을 밝히고 시집을 펴놓고 궁원시*의 우열을 논하였죠. 저는 홀로 병풍에 기대어 쓸쓸히 말없는 인형처럼 있었어요. 소옥이 저를 보고 말하더군요.

"낮에 연기를 읊은 시로 주군께 의심을 받더니, 그 때문에 걱정이 돼서 말을 안 하니? 아니면 주군께서 마음에 두셨으니, 오늘 밤 잠자리의 기쁨이 있을 것이라 기뻐서 말을 안 하니? 속내를 알 수 없구나."

저는 정색을 하며 대답하였어요.

* 궁원시(宮怨詩) | 궁중 생활의 원망을 표현한 시.

"너는 내가 아니거늘 어떻게 내 마음을 안단 말이니? 지금 시를 짓는 중에 구절이 떠오르지 않아 생각하는 중이란 말이야."

은섬이 말하였습니다.

"마음이 없으니, 옆 사람들의 말이 그냥 흘러갈 뿐이지. 네가 말을 하지 않아도 아는 건 어렵지 않아. 내가 시험해 보지."

그리하여 '창 밖 포도 시렁'을 제목으로 해서 칠언사운七言四韻으로 시 짓기를 재촉하였습니다. 저는 즉시 읊조렸지요.

구불구불 등나무, 용이 가는 듯하고
푸른 잎은 그늘 이뤄 정이 있는데
더운 날 뜨거운 태양은 맑게 비추고
맑은 하늘 차가운 달이 밝구나
실을 뽑아 난간에 서리니 뜻이 있는 듯
열매 맺어 구슬 드리우니 정성을 바치려 하네
만약 훗날을 기다려 변한다면
비구름 타고 하늘에 오르리

소옥이 한참 읊조리더니 일어나서 절하며 말하였어요.

"정말 천하에 뛰어난 재주구나. 수준이 높지 않아 옛 노래와 비슷하지만 순식간에 이와 같이 지어내다니. 이는 시인으로서 가장 어려운 것이지. 나는 정말 선생님 대하듯 네게 복종하겠다."

자란이 말하였어요.

"말은 신중하게 해야 해. 어찌 그리 과장되게 치켜세우니? 다만 글이 부드럽고 날아가는 듯한 점은 있다고 해야겠지."

모두 그 말이 정확하다고 하였어요.

저는 이 시로 여러 사람의 의심을 풀었으나 여전히 미진한 구석이 있었어요. 다음 날 밖에서 수레와 말들 소리가 들리더니, 문지기가 달려와서 말하더군요.

"손님들이 여럿 오셨습니다."

대군께서는 사랑채를 치우고 맞이하셨습니다. 모두 당시 재주 있는 선비였지요. 자리가 정돈되자, 대군께서는 저희가 지은 시를 보여 주셨습니다. 모두 놀랐지요.

"오늘날 다시 성당盛唐의 시를 보리라고는 생각 못했습니다. 우리는 따를 수가 없겠군요. 나리께서는 이러한 훌륭한 보배를 어디서 구하셨습니까?"

대군께서 미소 지으며 말씀하셨어요.

"어찌 그러하겠소? 종놈이 우연히 길가에서 얻어온 것이라 누가 지었는지 모른다오. 거리의 재주 있는 선비 손에서 나온 것이겠지요."

여러 사람이 미심쩍어했어요. 잠시 후 성삼문이 와서는 말하였어요.

"고려시대부터 지금까지 600여 년 동안 우리나라에서 시로 유명한 분이 몇 안 되지요. 그나마도 혼탁하여 깔끔하지 못하거나 가볍게 꾸미거나 하여 모두 리듬에 맞지 않고 진심을 잃었으니, 보고 싶지 않답니다. 이 시들은 소리가 맑고 뜻이 높아 조금도 속세의 태도가 없군요. 필시 깊은 궁중에 있는 사람이 속인들과 만나지 않고 옛사람들의 시만 밤낮으로 읊조리며 스스로 깨달은 것 같습니다.

그 뜻을 보자면,

'그윽한 생각이 초나라 임금을 향하네' 라는 것은 임금을 향한 정성이고,

'외로운 대나무는 홀로 푸른빛을 지키네' 라는 것은 정절을 지키겠다는 뜻이고,

'바람 불어 몸을 가누지 못하는데' 라는 것은 정절을 지키기 어렵다는 뜻

이고,

　'바람을 대하여 홀로 슬퍼하노니' 라는 것은 사람을 그리워한다는 뜻이고,

　'서쪽 산과 앞 냇가로' 와 '연잎에 이슬로 남았어라' 는 것은 하늘의 신선이 아니면 이처럼 표현하지 못할 것입니다.

　격조가 높지는 않으나 덕과 기상이 거의 모두 비슷하군요. 나리께서 궁중에 신선 열 명을 두신 게 틀림없습니다. 숨기지 마시고 보여 주시기를 바라옵니다."

　대군께서는 속으로 놀라셨으나 겉으론 인정하지 않으셨어요.

　"성삼문이 시를 보는 눈이 있다고 누가 말하였는가? 내 궁중에 어찌 이런 사람들이 있단 말이요? 매우 어리석구려."

　이때 열 사람은 창틈으로 엿보면서 감탄하지 않을 수 없었답니다.

　이 날 밤 자란이 저에게 조심스레 물었죠.

　"여자가 태어나 결혼하는 것은 부모의 마음이니 사람마다 똑같지. 네가 그리는 사람은 누구인지 모르겠구나. 네가 점점 옛 모습을 잃는 게 안쓰러워 묻는 것이니 숨기지 마렴."

　저는 일어나 고마움을 표하고 말했습니다.

　"궁인이 많으니 엿들을까 두려워서 말할 수 없었어. 오늘은 뭘 숨기겠니? 작년 가을, 노란 국화가 피고 붉은 잎이 시들 때였지. 대군께서 홀로 서당에 앉아서 시녀에게 먹을 갈게 하고 넓은 비단을 펼쳐 사운四韻 열 수首를 쓰고 계셨어. 종놈이 와서, '김진사 라는 어린 유생儒生이 뵙기를 청합니다.' 라고 하더군. 대군께서는 기뻐서, '김진사가 왔구나. 들어오라고 해라.' 하셨지. 무명옷에 가죽띠를 한 김진사가 계단에 오르는데 멋있더라구. 절을 하고 앉는 모습은 신선 같았지. 대군께서 보시고는 마음에 들어서 자리를 옮겨 마주 앉으셨어. 진사는 일어나 절하며 감사드렸지.

'황송하게도 여러 번 부르심을 받는데 이제야 뵈오니 송구스럽습니다.'

'명성은 들은 지 오래되었소. 이렇게 찾아주시니 방 안이 빛나고 많은 보물을 얻은 듯하구려.'

대군께서는 진사가 어린 유생이므로 우리를 피하게 하지 않으셨지.

대군이 말씀하시길, '가을 경치가 좋으니 시 한 수 지어서 이 집을 빛나게 해주시구려.' 라고 하셨지. 진사는 자리를 피하여 사양했어.

'헛소문일 뿐입니다. 시에 대해 제가 어찌 알겠습니까?'

대군께서는 금련에게 노래하게 하고 부용에게 거문고를 타게 하셨지. 보련에게는 단소를 불게 하고 비경에게 술잔을 나르라고 하셨어. 내게는 벼루를 받들라고 하셨고.

나는 나이 어린 여자로서 잘생긴 남자를 한 번 보자 정신을 못 차리겠더구나. 낭군께서도 나를 보시고 미소 지으며 여러 번 눈길을 주셨어. 대군께서 진사에게 말씀하셨지.

'나는 그대를 지극한 정성으로 대하는데 그대는 어찌하여 글을 짓지 않으시는가?'

진사는 즉시 붓을 잡고 오언사운五言四韻을 지으셨어.

기러기 남쪽으로 날아가니

궁중의 가을색이 깊구나

물이 차니 연꽃은 옥빛 터뜨리고

서리 내려 국화는 금빛 드리우네

비단 자리의 발그레한 여인이

거문고 타니 백설 같은 소리들

유하주* 한 말 술에

대군께서 두세 번 읊조리시더니 경탄하셨어.

'정말 천하에 뛰어난 재주로다. 어찌 이제야 만났는가?'

시녀 열 사람은 동시에 고개를 돌리며 말했지.

'이는 분명 신선이 학을 타고 세상에 온 거야. 어떻게 사람이 이렇게 지을 수 있지?'

대군께서 술잔을 잡고 물으셨어.

'옛 시인들 가운데 누가 최고인가?'

진사가 아뢰었지.

'제가 본 대로 말씀드리겠습니다.

이백李白은 하늘의 신선입니다. 옥황상제의 탁자 앞에 있었죠. 현포*에 놀러가서는 술을 엄청 마셨답니다. 술에 취해서는 아름다운 꽃을 꺾다가 비바람을 따라 인간 세상에 떨어진 것입니다.

노왕盧王은 바다의 신선입니다. 해와 달이 떴다가 지고 구름이 변하며 파도가 움직이고, 고래가 물줄기를 뿜고 섬은 아득한데 초목이 울창한 듯, 물새의 노래와 용의 눈물을 가슴에 품었으니, 이는 조화造化에 해당합니다.

맹호연孟浩然은 리듬이 최고이니 사광師廣에게 배운 사람입니다. 이의산李義山은 신선이 되기를 원해서 일찍 세상을 떴는데, 작품마다 귀신이 쓴 듯하지요. 이 밖에는 말할 만한 게 못됩니다.'

대군께서 말씀하셨지.

'문인과 시를 말하면 두보杜甫를 최고로 치는 이가 많은데, 왜 그런가?'

진사가 말했어.

'세속의 선비들이 떠받드는 것은, 말하자면 생선회가 먹기에 좋은 것과 같

습니다. 두보의 시는 정말 회와 같지요.'

대군께서 말씀하셨지.

'문체가 다양하고 수사법이 매우 정밀하니 두보를 가볍다고 할 수 있는가?'

진사가 말했어.

'제가 어찌 감히 가볍게 여기겠습니까? 그의 위대함을 말하자면, 한무제*
가 미앙궁未央宮에 앉아 오랑캐들이 중국을 넘보는 것에 분노하여 토벌하기
를 명하니 백만 용사가 수천여 리에 걸쳐 행군하는 것과 같습니다. 그의 장점
을 말하자면, 문체가 다양하다는 것입니다. 그런데 이백에 비하면 하늘과 땅
이요 강물과 바다의 차이에 해당합니다. 노왕과 맹호연에 비하면 두보가 앞
설 것이요, 노왕과 맹호연은 그 뒤에서 앞뒤를 다툴 것입니다.'

대군께서 말씀하셨지.

'그대의 말을 들으니, 가슴이 시원하여 바람을 타고 하늘에 오른 듯하구려.
다만 두보의 시는 천하에 뛰어난 글이니, 어찌 노왕·맹호연과 길을 다투겠
소? 그건 접어 두고 그대가 또 한 번 시를 읊어 주면 좋겠소이다.'

진사는 즉시 칠언사운을 지어 드렸지.

연기 흩어진 연못에 이슬 기운이 차고
물처럼 푸른 하늘 밤은 어이하여 긴가
가는 바람은 뜻이 있어 발을 불어제치니
흰 달은 다정하게 작은 집으로 들어오네
뜰 가의 그늘은 복숭아 그림자가 비침이라

* 유하주(流霞酒) | 신선이 마신다는 좋은 술. 여기서는 그저 자기가 대접받은 좋은 술을 가리킴.
* 현포(玄圃) | 중국 곤륜산(崑崙山)에 있다고 하는, 신선이 사는 곳.
* 한무제(漢武帝) | 중국 한(漢)나라 일곱 번째 황제. 강력한 중앙 집권 체제를 구축하여 가장 흥성한 국가를 이룩하였다.

술잔의 출렁임에 국화 향기 피어나네

완공*이 어리지만 술을 잘 마시니

술동이 사이에서 취함을 이상하다 하지 마라

대군께서 더욱 기특하게 여기시고는 앞으로 가서 손을 잡고 말씀하셨어.

'진사는 요즘 사람이 아니요, 내가 평가할 수 있는 바가 아니구려. 글만 잘하는 게 아니라 지극히 신기하니, 그대가 우리나라에 태어난 것은 정녕 우연이 아닐 것이외다.'

대군께서 진사에게 글을 쓰라고 하실 때, 붓의 먹물이 내 손가락에 떨어졌어. 나는 이걸 영광으로 생각해서 닦지 않았어. 옆에 있던 궁인들이 모두 웃으며 등용문*이라고 하였지. 밤이 깊어지자 대군께서는 기지개를 켜셨어.

'내가 취했군. 그대도 쉬시구려. 내일 아침 잊지 말고 오시고.' 라고 하셨지.

다음 날 대군께서는 두 편의 시를 다시 읊으시고는 감탄하셨지.

'성삼문과 겨룰 만하겠는걸. 청아한 맛은 더 나은 것 같아.'

이후로 나는 잠도 못 자고 입맛도 없고 괴롭기만 해서 어느덧 옷이 헐렁해졌어. 너는 눈치 못 챘니?"

자란이 말했습니다.

"난 몰랐어. 이제 네 말을 들으니 분명히 알겠구나."

그 후 대군께서는 진사를 자주 부르셨지만 저희를 만나게 하지는 않으셨어요. 그래서 저는 매번 문틈으로 엿보았지요.

하루는 예쁜 종이에 절구絶句 한 수를 적었습니다.

* 완공(阮公) | 완적(阮籍). 중국 삼국시대 때 어수선한 시대의 영향으로 관직에 나가지 않고 도가의 무위사상을 신봉하며 유 유자적한 생활을 하던 죽림칠현(竹林七賢)의 한 사람. 술을 좋아하였다.
* 등용문(登龍門) | 잉어가 용문에 오르면 용이 된다는 전설에서 나온 말로, 출세하는 것을 의미한다.

무명옷에 가죽띠 두른 선비

옥 같은 얼굴이 신선 같네

날마다 문틈으로 엿보니

어이하여 인연이 없는가

눈물은 흘러 물이 되고

거문고 타니 원한이 울리네

가슴속 한없는 원망으로

머리 들어 하늘에 호소하네

시를 적은 종이와 금비녀를 같이 꼭꼭 여러 번 싸서 진사에게 주려고 하였지만 전달할 방법이 없었지요. 그 날 밤 대군께서 잔치를 열어 손님들을 부르셨어요. 그 자리에서 진사의 재주를 칭찬하시며 두 편의 시를 보여 주셨지요. 모두 돌려가며 보고는 칭찬을 그치지 않았어요. 다들 한 번 만나 보고 싶어했답니다. 대군께서 즉시 사람과 말을 보내서 오기를 청하셨지요. 진사가 와서 자리에 앉는데 얼굴이 비쩍 말라서 예전 모습이 아니었어요. 대군께서 진사를 위로하셨지요.

"진사는 걱정이 있어서 마른 것인가?"

진사가 일어나 말씀드렸습니다.

"보잘것없는 유생이 외람되이 나리의 총애를 입었으니, 복이 지나치면 재앙이 일어나는 법입니다. 병이 나고 음식을 먹지 못해 혼자서는 움직일 수 없습니다. 오늘 부르심을 받들어 이렇게 억지로 몸을 이끌고 찾아뵙습니다."

모두 무릎을 모으고 예의를 갖추었습니다. 진사는 나이가 어리기에 끝자리에 앉았어요. 안팎이 벽 하나를 사이에 두고 있었죠. 밤이 저물자 손님들이 모두 취했고, 저는 벽 틈에 구멍을 내서 엿보았어요. 진사 역시 그 뜻을 알고

모퉁이를 향해 앉았죠. 저는 편지를 구멍으로 던졌어요.

진사는 편지를 주어서 집으로 가져가 뜯어보았지요. 너무나 슬퍼서 편지를 차마 손에서 놓지 못했답니다. 사모하는 정이 전보다 더해서 견딜 수 없었지요. 답장을 하고 싶으나 부탁할 사람이 없어 홀로 한탄만 할 뿐이었어요. 그러다가 동대문 밖에 사는 어떤 무녀巫女 소문을 들었지요. 무녀는 영험하다고 소문이 나서 궁중에 드나들며 신임을 받는다고 했어요. 진사는 그 집에 갔죠. 무녀는 나이 삼십이 안 되었고 미모가 뛰어났어요. 어려서 과부가 되어 무당이 된 것이지요. 무녀는 진사를 보고는 술상을 잘 차려서 대접하였어요. 진사는 술잔을 잡고 마시지는 않고 말했습니다.

"오늘은 급한 일이 있으니, 내일 다시 오지."

다음 날 다시 가서는 또 말을 하지 못했어요. 그저 다음 날 다시 오겠다고만 하였지요.

무녀는 진사의 용모에 반했어요. 진사가 매일 와서는 한 마디 말도 않는 것을 보고는 생각했답니다.

'어린 사람이라 부끄러워 말을 못하는구나. 내가 먼저 부추겨서 머물게 한 다음 같이 자자고 해야지.'

다음 날 무녀는 목욕하고 머리를 빗고는 갖은 화장을 하였어요. 그렇게 화려하게 치장한 다음 좋은 담요와 방석을 깔고, 여종에게 문 밖에서 기다리라고 하였지요. 진사는 화려하게 꾸민 모습과 방석 등을 보고는 이상했지요.

무녀가 말했어요.

"오늘이 무슨 날이기에 이렇게 멋있는 분을 만났을까?"

진사는 생각이 없었기에 대답을 하지 않은 채 즐거워하지 않았습니다. 무녀가 화내며 말했지요.

"과부 집에 젊은 남자가 왜 그리도 자주 온단 말이오?"

진사가 말했지요.

"그대가 영험하다면 내가 오는 이유를 왜 모른단 말인가?"

무녀는 즉시 영좌靈座에 나아가 신에게 절을 하고 방울을 흔들었어요. 그러고는 온몸을 떨다가 잠시 후 몸을 움직이며 말하였습니다.

"그대는 진정 가련하구려. 이루기 어려운 일을 하려고 하다니. 비단 계획을 이루지 못할 뿐 아니라 3년이 안 돼서 무덤에 가시겠소."

진사가 울면서 말하였죠.

"그대가 말 안 해도 알고 있네. 그러나 원한이 가슴에 맺혀 도무지 약이 소용없다네. 내 편지를 전해 준다면 난 죽어도 좋을 걸세."

무녀가 말하였습니다.

"비천한 무녀라 제사 때문에 간혹 출입할 뿐이지 부르심이 없으면 들어갈수 없어요. 선비님을 위해 가 보기나 하지요."

진사가 품속에서 편지를 꺼내며 말하였습니다.

"조심하게. 잘못하면 큰일 날 테니."

무녀가 편지를 가지고 궁으로 들어왔어요. 무녀가 왜 왔는지 궁인들이 모두 이상하게 여겼죠. 무녀는 잘 둘러대고는 틈을 타서 저에게 눈짓을 하더군요. 저를 사람 없는 후원으로 불러내서 편지를 주었지요. 저는 방으로 돌아와 편지를 뜯어보았어요.

한 번 눈길이 마주친 후 온통 어지러워서 진정할 수 없었소. 날마다 성 서쪽을 향해 몇 번이나 애가 끊어졌지요. 전에 벽 틈으로 준 편지를 다 보기도 전에 목이 메어왔소. 반도 못 읽어 눈물에 글씨가 번지더군요. 잠을 못 이루고 밥을 삼킬 수 없는 지경이라오. 병은 골수에 들고 어떤 약도 소용없으니, 지하에서나 만나겠지요. 살아서 이 원망을 씻을 수 있다면, 몸을 가루 내어 천지 귀신에 제사라도 지낼 심정

이랍니다. 종이를 대하여 목이 메니 다시 무슨 말을 하겠소?

편지 다음엔 시가 있었어요.

누각은 깊고 깊어 저녁 문을 닫으니

나무 그늘과 구름 그림자 희미하구나

꽃은 떨어지고 물은 흘러 개울로 나가고

제비는 흙을 물어 난간으로 돌아오네

베개에 기대어 잠을 이루지 못하고

뚫어져라 쳐다보나 기러기 드물구나

옥 같은 얼굴은 눈에 어리는데 왜 아무 말 없나

풀은 푸르고 꾀꼬리 우는데 눈물이 옷을 적시네

　편지를 보니 말도 안 나오고 눈물만 펑펑 쏟아졌지요. 다른 이가 알까봐 병
풍에 숨어서 한참 울었어요. 그때부터는 잠시도 잊을 수 없었어요. 얼빠진 듯
한 표정으로 다녔으니, 주군께서 의심할 만도 했지요.

　자란도 원한이 있는 여자라서 이 말을 듣고는 탄식하며 눈물이 고였어요.

　"시는 마음에서 나오는 것이라 속일 수 없는 거지."

　하루는 대군께서 비취를 부르셨습니다.

　"너희 열 명이 한 방에 있어 공부에 방해되는 것 같다. 다섯 사람을 나누어
서궁西宮에 두겠다."

　그 날 저와 은섬, 자란, 옥녀, 비취가 서궁으로 옮겼어요.

　옥녀가 말했습니다.

　"예쁜 꽃과 가는 풀, 흐르는 물과 멋있는 나무라, 정말 별장 같네. '독서당'

이라 할 만하구나."

제가 대꾸하였습니다.

"우리는 내시도 아니고 승려도 아닌데 이렇게 깊은 궁에 갇혔으니 정말 '장신궁*'이라 할 만하지."

모두 한숨을 내쉬었습니다.

그 후 편지를 써서 진사께 보내려고 정성을 다해 무녀를 섬기며 간절히 청하였지만, 무녀는 오지 않았습니다. 무녀는 진사가 자기에게 마음이 없어서 속상했답니다.

어느 날 저녁 자란이 저에게 은밀히 말했습니다.

"궁인들은 추석 때마다 탕춘대* 아래 물가에서 빨래를 하고 술을 마시며 즐기지. 올해는 소격서동*으로 옮기자고 하고, 그때 무녀를 찾아가는 게 상책일 것 같아."

저도 그렇게 생각하였습니다. 그 날을 기다리는데 하루가 1년 같았어요. 비취는 그 말을 듣고서도 모른 체 제게 말하였습니다.

"너는 처음 여기 올 때는 얼굴이 화사했지. 화장을 안 해도 예뻐서 궁인들이 '괵국부인*'이라고 했잖아. 그런데 요즘은 점점 옛날과 같지 않구나. 무슨 일 있니?"

제가 대답했습니다.

"몸이 허약해서 여름이면 더위를 먹곤 해. 선선한 가을이 오면 괜찮아져."

비취가 시를 지어 놀려댔는데, 뜻이 절묘했어요. 저는 부끄러웠으나 그 재

---

* 장신궁(長信宮) | 중국 한(漢)나라의 여류 시인이며 성제(成帝)의 후궁인 반첩여(班婕妤)가 조비연(趙飛燕) 자매에게 미움을 받아 물러났던 곳. 이곳에서 태후의 시중을 드는 동안 「원행가(怨行歌)」를 지었다고 한다.
* 탕춘대(蕩春臺) | 창의문(彰義門)(일명 자하문(紫霞門)) 밖에 있음.
* 소격서동(昭格署洞) | 서울 삼청동. 성제단(星祭壇)을 세우고 제사 지내던 곳.
* 괵국부인(虢國夫人) | 스스로 아름다움을 자랑하여 화장을 하지 않고 임금을 뵈었다고 하는 당나라 여인.

주는 기특했지요.

　이럭저럭 몇 달이 흘러 가을이 되었어요. 저녁이면 선선한 바람이 불고 국화가 노랗게 되었죠. 저는 속으로 기뻐했으나 말로 나타내지는 않았죠. 은섬이 말했어요.

　"편지의 기약이 가까워졌네. 오늘 저녁 인간 세계의 즐거움이 하늘나라와 다를 바 없지?"

　저는 서궁 사람들에게 이미 숨길 수 없음을 알고는 사실을 말했어요.

　"남궁南宮 사람들이 알게 하지는 마."

　드디어 기러기가 남쪽에서 날아오고 이슬이 맺혀서, 맑은 시내에서 빨래하기에 딱 맞는 때가 되었어요. 우리는 빨래할 장소에 대해 의논을 했어요. 남궁 사람들이 말했죠.

　"맑은 시내와 흰 돌은 탕춘대 아래만한 곳이 없어."

　서궁 사람들은 말했지요.

　"소격서동의 시내와 돌도 성문 밖보다 못하지 않아. 가까운 데를 놔두고 하필 먼 곳으로 가겠다는 거야?"

　그러나 남궁 사람들이 고집을 피웠어요. 결국 장소를 결정하지 못한 채 회의가 끝났지요.

　그 날 밤 자란이 말했어요.

　"남궁의 다섯 사람은 소옥의 말을 따르더라. 내가 그 생각을 돌려놓을게."

　자란이 옥등玉燈을 앞세워 남궁으로 가니, 금련이 기쁘게 맞았어요.

　"동서로 나뉘어 멀어졌더니, 오늘 밤 귀한 걸음을 하셨군요. 고마워요."

　소옥이 말했지요.

　"뭐가 고맙니? 설득하려고 온 건데."

　자란이 옷깃을 여미며 정색하고 말했어요.

"'다른 사람의 마음을 헤아린다.' 고 하더니, 네가 그렇구나."

소옥이 말했어요.

"서궁 사람들은 소격서로 가고 싶어하는데 내가 고집을 피우니까, 네가 온 거잖아. 그러니 설득하려 온 게 아니고 뭐니?"

자란이 말했어요.

"서궁의 다섯 사람 중에 나만 성안으로 가기를 원하는 거야."

"혼자 성안을 원하는 이유가 뭐야?"

"듣자니까, 소격서는 하늘에 제사 지내는 곳이래. 마을 이름은 '삼청*'이고. 우리 열 사람은 필시 삼청의 선녀였다가 『황정경*』을 잘못 읽어서 세상에 유배된 것 같아. 인간 세상에 있게 되었으니 산골이나 들녘, 농촌이나 어촌 어디인들 마다하겠니? 그런데 깊은 궁중에 굳게 갇혀, 새장의 새가 꾀꼬리 소리를 듣고 탄식하는 듯, 푸른 버들을 대하여 한탄하는 신세잖아. 제비는 쌍쌍이 날아들어 같이 잠자고, 풀에는 합환*이 있고 나무에도 연리지*가 있어. 무지한 풀과 나무, 미천한 금수에도 음양이 있어 즐거움을 나누지. 우리 열 사람은 유독 무슨 죄가 있는 거지? 적막한 깊은 궁에 몸이 묶여서 꽃피는 봄과 달 밝은 가을에 등불만 대하여 청춘을 허비하고 한을 남기는가 말이야. 운명이 어쩌면 이리도 복이 없는 거지? 사람이 한 번 늙으면 다시 젊어질 수 없어. 다시 생각해 봐. 슬프지 않니? 이제 맑은 시내에서 목욕하여 몸을 깨끗이 하고 사당에 들어가 절하며 지성으로 빌려고 해. 내세에는 이와 같은 괴로움을 피하려고. 무슨 다른 뜻이 있겠니? 한 궁에 있는 우리는 동기간이나 같아. 이러한 일로

* 삼청(三淸) | 신선이 사는 세 궁전.
* 『황정경(黃庭經)』 | 도교(道教)의 경전. 양생(養生) 수련의 방법을 기술함. 인간의 오장(五藏) 중 비장(脾藏)을 황정(黃庭)이라 하여 특히 중요시함.
* 합환(合歡) | 자귀나무. 밤이면 잎이 맞붙는다.
* 연리지(連理枝) | 나뭇가지가 서로 이어진 나무.

당치도 않은 의심을 하다니. 내 말이 부족해서 미덥지 못하기 때문이겠지."

소옥이 말했습니다.

"내가 이치에 밝지 못해서 너를 이해하지 못했어. 성안이 안 된다고 한 것은 성안에 불량배가 많아 욕을 당할까 걱정했기 때문이야. 이제 네가 나를 멀리 하지 않고 돌이키게 하는구나. 이제부터는 대낮에 하늘에 오른다 해도 따라가겠어. 강을 건너고 바다에 들어간다 해도 따라갈 테야. 이른바 '타인으로 인하여 일을 이룬다.' 고 하는데, 성공하고 나면 똑같은 거지."

부용이 말했어요.

"일이 결정된 것 같군. 그러나 두 사람이 오늘 아침부터 싸워서 오후까지도 결정하지 못했으니 일이 순조롭지 않았어. 집안일을 주군 모르게 우리끼리 의논하는 것은 잘못인 것 같아. 낮에 다투던 일이 밤이 깊기 전에 결정되었으니 사람들이 의심할 거야. 게다가 가을날 맑은 시내는 어디에나 있는데, 꼭 사당祠堂에 가야 한다는 것은 좀 이상해. 비해당 앞은 개울이 맑고 돌이 깨끗해서 매년 이곳에서 빨래를 했어. 이제 다른 데로 바꾸면 반드시 의심할 거야. 빨래 하나에 이런 다섯 가지 잘못이 있으니, 나는 따르지 않을래."

보련이 말하였습니다.

"말이란 몸을 꾸미는 도구야. 삼가는 것과 삼가지 않는 것에 따라 재앙과 복이 따르게 되지. 그래서 군자는 삼가 입 조심을 하는 거야. 종일 말을 하지 않아도 일이 잘 이루어지고 재잘재잘 말을 잘해도 욕을 먹지. 자란의 말은 은근하여 드러내지 않고 소옥의 말은 강하게 따르라 하고 부용의 말은 꾸미기에 힘쓰는구나. 모두 내 뜻에는 맞지 않아. 이번 일에 난 참여하지 않겠어."

금련이 말하였어요.

"이 밤의 토론은 결론이 나지 않는구나. 내가 『주역』을 펼치고 점을 쳐서 풀이를 해보니까, 내일 운영이 남자를 만나겠더라. 운영은 용모와 행동이 인간 세상 사람 같지 않아. 주군께서 마음을 쓰신 지 오래되었지만 운영은 죽을 각오로 거절했어. 그것은 다른 이유가 아니라 마님의 은혜를 저버리지 않으려는 거야. 엄하신 주군께서는 운영의 몸이 상할까봐 가까이하지 않으시는 거고. 이제 이 조용한 곳을 놔두고 번화한 곳에 가면, 젊은 한량들이 그 미모를 보고는 정신을 잃을 거야. 비록 가까이하지는 못하더라도 눈길을 보내고 손가락으로 가리키겠지. 이 또한 불쾌한 일이야. 전에 주군께서 말씀하셨지. 궁녀가 문을 나서서 바깥사람이 이름을 알게 되면 사형이라고. 이번 일에 나는 끼지 않을래."

자란은 일이 안 될 것 같아 말없이 잠자코 있다가 일어나서 가려고 했어요. 그런데 비경이 울면서 자란의 옷을 잡고 만류했지요. 비경은 술을 따라서 모두에게 권하였어요. 금련이 말하였지요.

"오늘 밤 모임은 조용히 끝내야 되는데, 비경이 울음을 터뜨리니 정말 걱정이구나."

비경이 말하였어요.

"내가 전에 남궁에 있을 때 운영과 정말 친했어. 같이 죽고 같이 살자고 약속했지. 이제 거처는 다르지만 어떻게 잊겠니? 전에 주군께 문안을 여쭐 때 운영을 봤어. 가는 허리가 수척하고 얼굴이 초췌하고 목소리가 가냘파서 소리가 안 날 지경이더군. 절을 할 때에 힘이 없어서 쓰러지기에 내가 붙들어 일으켰지. 운영이 말하더라.

'불행히 병이 나서 곧 죽을 것 같아. 내 목숨은 아깝지 않아. 아홉 사람의 글 솜씨가 날로 좋아지니 훗날 아름다운 작품들이 세상을 놀라게 할 텐데 나는 보지 못할 것 같아. 그래서 너무 슬퍼.' 라고 했어.

난 눈물이 났어. 지금 생각해 보면 그 눈물은 그리움에서 나온 것 같아. 아! 자란은 운영의 친구야. 죽게 된 사람을 사당에 데려다 놓으려는 거지. 오늘 계획이 이루어지지 않으면 죽어서도 눈을 감지 못하고 남궁을 원망할 거야. 『서경』에, '선한 일을 하면 복을 내리고 악한 일을 하면 재앙을 내린다.'고 하였어. 이 토론이 좋은 일이니, 그렇지 않니? 소옥이 허락하였는데 세 사람이 따르지 않으니, 일이 되다가 말았어. 만약 일이 누설되면 운영이 홀로 벌을 받을 것이요 다른 이가 무슨 관계가 있겠어?'

소옥이 말하였어요.

"난 두말하지 않겠어. 운영을 위해 죽을 수 있어."

자란이 말하였지요.

"따르는 자가 반이요 그렇지 않은 자가 반이니, 안 되겠구나."

자란이 일어났다가 다시 앉으며 분위기를 살폈어요. 따르고자 하나 말을 바꾸는 게 부끄러워서 머뭇거리는 것 같았지요.

"천하의 일에는 떳떳한 도리가 있고 임기응변이 있어. 임기응변도 상황에 맞으면 또한 떳떳한 거야. 임기응변 없이 이전에 한 말만 고집하면 되니?'

그러자 좌우 사람들이 일시에 따랐어요. 자란이 말했죠.

"내가 변론을 좋아하는 게 아니라 타인을 위해서 할 수 없이 한 거야."

비경이 말했어요.

"옛적 소진蘇秦은 여섯 나라로 하여금 합세하게 하였지. 이제 자란은 다섯 사람을 따르게 하였으니 연설가라고 할 만하구나."

자란이 말했어요.

"소진은 여섯 나라의 재상 인印을 찾지. 이제 다섯 사람은 무슨 물건을 내게 줄래?'

금련이 말했어요.

"합세함은 여섯 나라에 이익이 되는데, 이번 일은 다섯 사람에게 무슨 이익이 되지?'

서로 크게 웃었지요. 자란이 말했어요.

"남궁 사람들이 모두 착해서 운영을 다시 살게 하였으니 어찌 고맙지 않겠니?"

자란은 일어나 절을 하였어요. 소옥도 일어나 답례하였지요. 자란이 말하였어요.

"오늘 다섯 사람이 동의했어. 하늘과 땅이 있고 촛불이 비치고 귀신이 보고 있으니 내일 다른 말 하지는 않겠지."

그리곤 인사를 하고 떠났어요. 다섯 사람도 인사하며 중문 밖에서 배웅하였지요. 자란이 돌아와 제게 말하였어요. 저는 벽을 짚고 일어나 절을 하며 고마움을 표했지요.

"나를 낳으신 분은 부모요, 나를 살린 이는 너로구나. 땅에 묻히기 전에 이 은혜를 갚을게."

운영은 앉은 채 아침을 기다렸다가, 들어가 문안을 여쭙고 궁녀들이 모인 곳으로 갔어요.

소옥이 말하였습니다.

"하늘이 맑으니 정말 빨래하기 좋은 때야. 오늘 소격서동에 가서 장막을 쳐 볼까?"

여덟 사람이 모두 다른 말이 없었어요. 저는 서궁으로 가서 하얀 비단에다 가슴 가득한 애원을 써서 감추었어요. 그리고 자란과 일부러 뒤에 처져서는 말 모는 아이에게 말했지요.

"동문 밖에 무녀가 영험하다고 해서, 거기 가서 병을 물어 보려고 해."

아이가 내 말대로 그 집으로 갔어요. 저는 무녀에게 애걸하였습니다.

"오늘 온 것은 김진사를 한 번 보고 싶어서랍니다. 심부름꾼을 보내 알려 주시면 죽어도 은혜를 잊지 않을게요."

무녀는 내 말대로 즉시 사람을 보냈고 김진사가 허둥지둥 도착하였어요. 두 사람은 마주보며 한 마디도 하지 못한 채 눈물만 흘렸답니다. 저는 편지를 건네주었어요.

"밤이 되면 궁으로 돌아가야 되요. 낭군께서 여기서 기다리시면 좋겠어요." 그리곤 즉시 말을 타고 떠났어요. 진사는 편지를 뜯어보았지요.

지난번 무산의 신녀*가 편지를 전하더군요. 맑은 음성이 편지에 가득했어요. 세 번 반복해서 읽을 때 슬픔과 기쁨이 뒤섞여 진정할 수 없었죠. 즉시 답장하고 싶었으나 전할 방법이 없었어요. 또 알려질까 두려워서 목을 빼고 바라보기만 했어요. 날고 싶어도 날개가 없으니 애타서 죽을 날만 기다렸지요. 죽기 전에 이 편지로 평생의 안타까움을 쏟으려 합니다.

낭군이시여.

제 고향은 남쪽입니다. 부모님이 다른 애들보다 유독 저를 사랑하셔서 나가 노는 것을 제 마음대로 했지요. 그래서 숲이나 물가의 매화, 대나무, 석류나무 그늘에서 날마다 놀았어요. 고기를 잡기도 하고 목동이 되어 피리를 불기도 하며 저녁이 되어야 들어와서 자곤 하였죠. 그 밖에 산이나 들의 모습과 농가의 흥취는 하나하나 말하기 어렵습니다.

열세 살 때는 주군께서 부르셔서 부모님과 형제를 이별하고 궁중으로 들어왔지요. 고향 생각이 그치질 않아 날마다 세수도 하지 않은 채 남루한 옷을 입고는 추레하게 보이길 바라면서 뜰에 엎드려 울었답니다. 궁인들은, 한 떨기 연꽃이 뜰에 피었다고 하였어요. 마님께서 예뻐하셔서 자식처럼 대하시고, 주군께서도 보통 시녀로 보지 않으셨습니다. 궁인들은 가족처럼 친근하게 대해 주었고요.

공부를 하게 된 후로는 대략 이치를 알고 글을 지을 줄 알았기에, 나이 든 궁인들도 공경하게 되었어요. 서궁으로 옮긴 후에는 거문고와 책에 전념하여 실력이 늘어

갔어요. 손님들이 지은 시는 눈에 차지 않았습니다. 남자가 되어 세상에 이름을 날리지 못하고 헛되이 홍안박명*의 몸이 되어 깊은 궁에 갇혀 시들게 되니, 죽고 나면 누가 또 알아주겠습니까? 이런 까닭에 한이 맺히고 원한이 쌓여서 자수를 놓다가도 등불에 그을리고 비단을 짜다가는 베틀 아래 내팽개치기도 합니다. 비단 휘장을 찢고 옥비녀를 부수기도 하고요. 잠시 술기운에 신발을 벗고 산책을 하다가 뜰의 꽃을 꺾기도 하고 풀을 뜯기도 하니, 얼빠진 사람 같지요.

작년 가을 어느 날 밤 낭군의 모습을 한 번 보고는 하늘 신선이 세상으로 유배되어 온 것이라 생각했어요. 제 모습이 아홉 사람보다 못한데, 전생에 무슨 인연이 있었는지요? 붓의 먹물이 원망이 될 줄을 어찌 알았겠어요? 발 사이로 쳐다보면서 낭군을 받들 인연을 생각했어요. 꿈속에서 보면서 못 잊어했지요. 한 번도 잠자리를 같이하지는 않았지만 눈부신 모습은 눈에 황홀하게 어렸답니다. 배나무 꽃에 두견새가 울고 오동나무에 밤비가 내리는 때면 슬퍼서 들을 수가 없었어요. 뜰에 풀이 돋아나고 아득히 흰 구름이 날 때면 슬퍼서 볼 수가 없었지요. 병풍에 기대어 앉거나 난간에 기대어 서서 가슴을 치고 발을 구르며 하늘에 호소하기도 했습니다.

낭군께서도 저를 생각하시는지 어떤지도 모른 채 다만 제 몸이 낭군을 보기 전에 먼저 죽을까 한탄하였어요. 그러면 천지가 없어져도 이 마음은 사라지지 않겠지요. 바다가 마르고 돌이 문드러져도 이 원한은 없어지지 않을 거예요.

오늘 빨래하는 행사에 두 궁의 시녀들이 모두 모였기에 여기에 오래 머물 수 없답니다. 눈물이 글씨를 적시는군요. 살펴보시기 바랍니다.

그리고 앞서 주신 글에 대한 답시答詩를 적었어요. 글이 잘 되지는 않았지만 제 마음을 담았습니다.

---

* 무산(巫山)의 선녀(禪女) | 여기서는 무녀(巫女)를 지칭함.
* 홍안박명(紅顔薄命) | 아름다운 여자는 팔자가 사납다는 뜻.

그 글은 하나는 사랑을 노래한 시이고, 하나는 가을을 슬퍼하는 부*였어요.

이 날 밤 제가 자란과 먼저 나와서 동문 밖을 향하는데, 소옥이 살짝 웃으며 절구絶句를 지어서 주더군요. 저를 놀리는 뜻이었지요.

사당 앞 물줄기 굽이쳐 흐르는데
구름은 사라지고 구문*이 열리네
가는 허리는 급한 광풍 견디지 못하니
잠시 숲에 피해 날이 저물면 올지라

비경이 즉시 차운次韻하였고, 금련과 보련, 부용이 이어서 차운하였으니, 모두 저를 놀리는 뜻이었어요.

저는 말을 타고 먼저 가서 무녀 집에 도착하였어요. 무녀는 화난 얼굴을 하고는 보지도 않고 벽을 향해 앉아 있었어요. 진사는 비단을 안은 채 종일토록 울면서 제가 오는지도 몰랐지요. 저는 왼손에 낀 옥색 금반지를 빼어, 소매에 넣어 주면서 말했어요.

"낭군께서 저를 가볍게 여기지 않으시고 천금 같은 몸으로 누추한 곳에서 기다리셨군요. 제가 어리석지만 목석은 아니니 목숨을 걸고 허락하지 않겠습니까? 제가 거짓말한다면 이 금반지가 증명할 것입니다."

그러고는 일어나서 가려고 하니, 눈물이 쏟아졌어요. 진사에게 귓속말을 하였지요.

"저는 서궁에 있어요. 낭군께서 밤에 서쪽 담장을 넘어서 오시면 못 다한

---

* 부(賦) ㅣ 운문(韻文)에 속하는 문체 이름.
* 구문(九門) ㅣ 대궐 주위에 있는 아홉 개의 문.

인연을 이을 수 있을 거예요."

말을 마치고 떠나 먼저 궁으로 돌아오니, 여덟 명이 차례로 들어오더군요.

밤 10시경 소옥이 비경과 촛불을 들고 서궁으로 와서 말했어요.

"낮에 읊은 시는 생각 없이 지은 거야. 놀린 것 같아서 밤이 깊었지만 사과하려고."

자란이 말했습니다.

"시를 지은 다섯 명은 다 남궁 사람이지. 궁을 나눈 이후로는 우리 관계가 당唐나라 때 당파같이 되었으니 그럴 만도 해. 그러나 여자의 마음은 같아. 외떨어진 궁에 오래 갇혀 외롭게 지내며, 대하는 건 촛불이고 하는 일이란 악기와 노래뿐이라니. 꽃이 아름답게 피어나고 제비가 쌍쌍이 날개를 퍼덕이며 즐거워할 때, 불쌍한 우리는 깊은 궁에 갇혀서 봄을 안타까워하지. 그 마음이 어떻겠어? 여자의 마음은 다름이 없는데, 남궁 사람들은 어이하여 항아姮娥처럼 정절을 지키며 영약靈藥을 훔친 것을 후회하지 않지?*"

비경이 소옥과 함께 눈물을 흘리며 말했어요.

"이제 네 말을 들으니 슬픔이 뭉클거리는구나."

그러고는 인사를 하고 갔습니다. 저는 자란에게 말했어요.

"오늘 밤 진사와 굳게 약속을 했어. 오늘 오시지 않으면 내일은 반드시 담을 넘으실 거야. 오시면 어떻게 대접하지?"

자란이 말했지요.

"휘장을 겹겹이 두르고 비단 방석을 펼치고는 많은 술과 고기로 대접하지. 오지 않을까 걱정이지 오면 대접하는 게 뭐 어렵니?"

그 날 밤 과연 오시지 않더군요.

* 항아(姮娥)는 불사약(不死藥)을 훔쳐 남편은 주지 않고 혼자 먹고는 달나라 신선이 되었다는 전설이 있음.

진사께선 그곳을 몰래 살피셨는데, 담장이 너무 높았답니다. 날개가 없으면 넘을 수 없을 것 같았죠. 할 수 없이 집에 돌아와 말없이 고민하였어요. 노비 중에 '특特'이란 자가 평소 재주가 많았는데, 진사의 안색을 보고는 이유를 물었답니다. 진사가 사정을 말했더니, 특이 말했어요.

"진작 말씀하시지요. 제가 힘써 볼게요."

하고는 즉시 사다리를 만들었는데 매우 가볍고 접을 수 있었어요. 접으면 병풍 같아 운반하기 쉬웠고 펼치면 십오 미터나 되었답니다. 특이 말하였죠.

"이 사다리를 가지고 궁 담장을 오르세요. 안에 들어가면 접었다가 나올 때에 또 그렇게 하세요."

진사는 특에게 뜰에서 시험하게 하였어요. 과연 말한 대로였습니다. 진사는 기뻐했어요. 그 날 밤 가려고 하니까, 특이 품에서 가죽신을 꺼내면서 말하였어요.

"이게 없으면 가기 어려울 겁니다."

진사가 신어보니 나는 새처럼 가볍고 발소리가 나지 않았어요. 진사는 그렇게 해서 담장을 넘어서는 대나무 숲에 숨었어요. 달빛은 밝고 궁중은 적막했지요. 잠시 후 한 사람이 안에서 나와서는 산보를 하며 시를 읊조렸습니다. 진사는 대나무를 헤치고 머리를 내밀었어요.

"여기요!"

자란이 말했어요.

"얼른 나오세요."

진사가 나와서 인사를 했지요.

"어린 사람이 사랑을 견디지 못해 죽음을 무릅쓰고 여기 왔습니다. 낭자께서는 가련하고 불쌍하게 여기시기 바랍니다."

자란이 말했습니다.

"진사께서 오시길 가뭄에 비구름 기다리듯 고대했습니다. 이제 저희를 만나셨으니 다행입니다. 걱정하지 마세요."

자란은 즉시 안으로 인도하였어요. 진사는 층계를 거쳐 난간을 돌아 어깨를 움츠린 채 들어왔어요. 저는 창문을 열고 촛불을 밝히고 앉아서는 화로에는 향을 사르고 책상에는 『태평광기』*를 펼치고 있다가 낭군께서 오신 걸 보고는 일어나 맞았지요. 낭군께서 답례를 하시고는 손님과 주인의 예로써 동서로 나누어 앉았어요. 자란에게 진수성찬을 내오게 하고 술을 따라서 드렸지요. 술이 세 번 돌자 진사는 취한 체하며 말했어요.

"시간이 얼마나 됐나?"

자란은 휘장을 내리고 나갔지요.

저는 촛불을 끄고 같이 누웠어요. 정말 기뻤지요. 새벽이 될 즈음 닭이 울자 진사는 즉시 일어나서 갔어요. 이후로 매일 밤 어두울 때 들어와서 새벽에 나갔지요. 정이 깊어져서 그칠 줄 몰랐어요.

그러다가 눈 위에 발자국이 남아서 궁인들이 알게 되었으니 위험했지요. 하루는 진사께서 이 일이 끝내 재앙이 되지 않을까 걱정이 돼서 매우 두려워하셨어요. 종일토록 기분이 안 좋았지요. 특이 밖에서 들어와 말했지요.

"제 공이 큰데 아직 상을 내리시지 않는군요?"

진사가 말했어요.

"잊지 않고 있네. 조만간 큰 상을 주어야지."

"오늘 안색을 뵈니, 걱정이 있으신 듯한데요. 무슨 일이신지요?"

"보지 않았을 때는 병이 들더니만, 보고 나니 죄가 헤아리기 어렵군. 어찌 걱정되지 않겠는가?"

"그러면 몰래 업고 도망가시지요?"

진사는 옳다고 생각하고는, 그 날 밤 들어와서는 특의 계획을 제게 말했어요.

"'특'이란 노비가 지략이 뛰어난데 이렇게 말을 하오. 그대 생각은 어떻소."

제가 말했어요.

"저의 부모님은 재산이 많아서 제가 올 때에 의복과 재물을 많이 싣고 왔어요. 그리고 주군께서 주신 것도 많지요. 이 물건들을 버리고 갈 수는 없어요. 옮기려고 하면 말 열 필로도 다 옮길 수 없을 거예요."

진사는 돌아와서 특에게 말하였어요. 특은 매우 기뻐했지요.

"내 친구 중에 장사 이십 명이 있습니다. 힘깨나 써서 사람들이 당해 내지 못해요. 저와 친해서 제 말이면 뭐든 다 듣죠. 이들에게 운반하게 하면 태산이라도 옮길 것입니다. 진사님을 보호하라고 하면 어느 누구도 당해 내지 못할 테니 걱정하지 마세요."

진사는 옳다고 여기고는 제게 말했고, 저도 그렇게 생각했어요. 그래서 밤마다 재물을 끄집어냈어요. 칠 일 걸려 다 밖으로 운반했지요. 특이 말했습니다.

"이처럼 중요한 것들을 집에 쌓아 두면 어르신께서 의심하시겠죠. 저희 집에 두면 이웃사람들이 의심할 겁니다. 그러니 산에 구멍을 파서 깊이 감추어 굳게 지키는 게 좋겠습니다."

"잃어버리면 나와 너는 도둑 혐의를 벗기 어려울 테니, 잘 지켜야 해."

"제 친구가 이렇게 많고 제 계획이 이렇게 치밀하니 어려울 게 없습니다. 게다가 제가 큰 칼을 들고 밤낮 지키겠습니다. 제 눈은 빼가도 이 보물들은 빼앗지 못할 겁니다. 제 다리는 베어도 이 보물은 빼앗지 못할 것이니, 염려

* 『태평광기(太平廣記)』| 송나라 때까지의 전기(傳奇), 필기(筆記), 패사(稗史) 등에서 이야기를 뽑아 제재에 따라 92항목으로 구분하여 엮은 방대한 책.

마세요."

특은 저와 진사를 산속으로 유인하여 진사를 죽인 후 저와 재물을 차지하려는 속셈이었지요. 진사는 세상물정 모르는 선비라서 눈치를 채지 못했어요.

하루는 대군께서 앞서 지은 비해당에 걸어 놓은 멋있는 현판을 얻고자 하셨어요. 손님들의 시는 모두 마음에 들지 않아서 억지로 김진사를 부르셨죠. 그리고 잔치를 벌이고 간청하셨어요. 진사는 한 번 붓을 휘둘러 글을 지었는데 다시 손볼 데가 없었죠. 산속의 경치와 건물의 모습을 함께 담은 시였어요. 비바람을 놀라게 하고 귀신을 울게 할 정도였죠. 대군께서는 구절마다 칭찬하시고 읊기를 그치지 않으셨지요. 다만 "담을 넘어 몰래 풍류를 즐기네." 구절에 이르러 읊기를 멈추고 의심하셨어요. 그러자 진사는 일어나서 인사를 드렸어요.

"취해서 정신이 없으니 물러가겠습니다."

대군께서는 종에게 부축해서 전송하라고 하셨지요.

다음 날 밤 진사가 와서는 제게 말했어요.

"떠나야겠소. 어제 지은 시가 대군께 의심을 받았소. 이제 가지 않으면 화를 피할 수 없을 것 같소."

제가 말했습니다.

"어젯밤 꿈에 흉악하게 생긴 어떤 이가 말하기를, '약속대로 성 아래서 오래 기다렸소.'라고 하더군요. 놀라서 깨어났어요. 꿈이 불길해요. 낭군께서 생각해 보세요. 낭군은 그 노비의 마음을 잘 아세요?"

"이 노비가 평소 흉악하기는 한데 앞서 충성을 다했소. 이제 낭자와 이러한 좋은 인연을 맺은 것은 모두 이 노비가 계획한 것이라오. 그러니 앞서는 충성하다가 끝에 악한 짓을 하겠소?"

"낭군의 말씀이 이같이 간절하시니 제가 뭘 사양하겠어요? 다만 자란은 형제와 같으니 말하지 않을 수 없군요"

그러고는 자란을 불렀어요. 세 사람이 앉아서는, 제가 진사의 계획을 말했지요. 자란은 손을 치며 꾸짖었어요.

"사랑을 오래 나누더니 재앙을 부르는구나. 한두 달 사귀었으면 충분하지, 담을 넘어 도망치는 게 사람이 차마 할 짓이니? 먼저, 마님께서 그렇게 돌봐주셨으니 차마 도망갈 수 없는 거지. 둘째 주군께서 마음을 쏟으셨으니 도망갈 수 없고, 셋째 화가 부모님께 미칠 테니 도망갈 수 없고, 넷째 서궁 전체가 벌을 받을 테니 도망갈 수 없는 거야. 그리고 천지가 하나의 그물이니 하늘로 오르거나 땅속으로 들어가지 못할 바에야 어디로 도망가겠니? 그러다 잡히면 그 화가 네 한 몸에 그치겠니? 꿈이 좋지 않은 것은 말할 필요도 없고, 만약 꿈이 좋았다면 기꺼이 갈려고 했어? 참고 차분하게 조용히 앉아서 하늘에 귀를 기울이렴. 네가 나이 들면 주군의 사랑이 점차 식을 거야. 형편을 보아 병이 들었다고 드러누우면 반드시 고향에 돌아가도록 허락하시겠지. 이때 낭군과 같이 가서 해로하면 즐겁지 않겠어? 이것을 생각하지 못하고 되지도 않는 계획을 세우니, 누굴 속이겠어? 하늘을 속이겠니?"

진사는 일이 이루어지지 않을 줄 알고 탄식하며 눈물을 머금고 나갔습니다.

하루는 대군께서 서궁 난간에 앉으셨는데 철쭉이 활짝 피었기에, 서궁 시녀 다섯 사람에게 각기 오언절구를 지어서 바치라고 하였어요. 시가 되자, 대군께서 매우 기뻐하시며 칭찬하셨지요.

"너희의 글이 날로 나아가는구나. 정말 기쁘다. 다만 운영의 시는 슬피 그리워하는 뜻이 있으니, 누구를 그리워하는지 모르겠구나. 김진사의 상량문上梁文이 이상하더니 네가 혹시 김진사와 관계있는 것 아니냐?"

저는 즉시 뜰에 엎드려 머리를 조아리며 울었어요.

"주군께 전에 의심을 받았을 때 자결하고 싶었습니다. 그러나 스무 살도 안

되었고, 부모님을 뵙지 못하고 죽는 것이 너무 원통해서, 구차하게 살아서 여기까지 이르렀습니다. 이제 또 의심을 받으니 한 번 죽는 게 뭐 아깝겠습니까? 천지 귀신이 굽어보시고 시녀 다섯 사람이 잠시도 떨어져 있지 않았습니다. 이제 더러운 누명이 제게 닥치니, 저는 죽어야겠습니다."

하고는 천을 난간에 매어 자결하려고 하였어요. 자란이 말했지요.

"현명하신 주군께서 이처럼 무죄한 시녀를 사지死地로 몰아넣으시는군요. 지금부터 저희는 맹세코 붓을 잡지 않겠습니다."

대군께서는 매우 화가 나셨지만, 죽는 것을 바라지는 않으셨으므로 자란에게 운영을 구하라고 하셨습니다. 그러고는 흰 비단 다섯 단을 꺼내어 나눠 주시며, 작품이 매우 아름다워 상을 준다고 하셨지요.

이후로 진사는 출입하지 못하였습니다. 결국 진사는 몸져누워서 눈물로 이불을 적시기만 하였어요. 목숨이 위태로울 정도였죠. 특이 와서 보고는 말했어요.

"대장부가 죽으면 죽는 것이지, 어찌 그리움으로 원한이 맺히고 쓸쓸하게 여자처럼 굴어서 천금 같은 몸을 손상하신단 말입니까? 계책을 써서 취하면 어렵지 않습니다. 한밤중 인적이 드물 때 담 넘어 들어가서 입을 막은 채 엎고 나오면 누가 알겠습니까?"

"그 계획은 위험해. 정성껏 말해 봐야겠어."

진사는 그 날 밤 담을 넘어 들어왔어요. 저는 병이 들어 일어날 수 없어서 자란에게 맞으라고 하였죠. 술이 세 번 돌고, 제가 편지를 드렸지요.

"이후로는 다시 못 볼 거예요. 삼생三生의 인연과 백 년의 약속은 오늘 밤 끝이에요. 인연이 다하지 않았다면 지하에서나마 만나겠지요."

진사는 편지를 안고 우두커니 서서는 말없이 바라보고, 가슴을 치고 눈물을 흘리며 나갔어요. 자란은 기둥에 기대 몸을 숨기고는 눈물을 뿌렸지요.

진사는 집에 돌아와 편지를 뜯어보았어요.

불쌍한 운영이 절하며 김진사님께 편지를 드립니다.

저는 보잘것없는 몸으로 낭군의 사랑을 입었으나 불행히도 며칠이나 뵙고 몇 번이나 기쁨을 이루었던가요? 하룻밤의 기쁨으로는 바다처럼 깊은 정을 다할 수 없습니다. 인간의 좋은 일을 하늘이 시기하는 법이랍니다. 궁인들이 알고 주군께서 의심하셔서 재앙이 닥쳐오려 하니 죽는 수밖에 없습니다.

바라옵건대 낭군은 못난 저를 마음에 두어 괴로워하지 마세요. 그저 힘써 공부하셔서 장원급제하시고 관직에 올라 이름을 떨치시어 부모님을 영화롭게 하소서. 저의 옷가지와 재물은 모두 팔아서 부처님께 공양하시고 지성으로 기도하시어 못 다한 인연을 내세에 다시 잇게 하시면 좋겠습니다.

김진사는 다 보지 못하고 기절하여 쓰러졌답니다. 집안사람들이 급히 구하여 살아났지요. 특이 밖에서 들어와 말했습니다.

"궁인이 뭐라고 답변했기에 이렇게 죽고자 하십니까?"

진사는 다른 말 않고 다만 이렇게 말했습니다.

"그 재물은 네가 잘 지키고 있지? 죄다 팔아서 부처님께 치성을 드려 약속을 지켜야겠다."

특은 집에 돌아가 생각했어요.

'궁인이 나오지 않으니, 그 재물은 하늘이 내게 주신 거야.'

그러면서 벽을 향해 몰래 웃었지요.

하루는 특이 자기 옷을 찢고 자기 코를 때려서 그 피를 온몸에 처 바르고는 뛰어 들어와 뜰에 엎어져 울었습니다.

"강도에게 당했습니다요."

그러고는 다시 말을 않고 기절한 척했어요. 특이 죽으면 재물 묻은 곳을 알수 없으므로 진사는 몸소 약을 달여서 특을 살리고 음식을 주었어요. 열흘이지나자 특이 일어나 말했습니다.

"혼자 산속에서 지키는데 강도들이 들이닥쳐 죽이려 하지 뭐예요. 도망쳐서 겨우 목숨을 부지했습니다. 이 재물이 아니면 어찌 이런 재앙이 있겠습니까?"

그러고는 발을 구르며 손으로 가슴을 치며 울었어요. 진사는 부모님이 알까봐 두려워 좋은 말로 위로하여 보냈습니다. 그 후 진사는 특이 한 짓을 알게 되어, 친한 사람들과 노비 십여 명을 데리고 특의 집을 포위하였습니다. 그러나 겨우 거울 하나와 금비녀 하나만을 얻었답니다. 그것을 증거물로 해서 관청에 고발하고자 했으나 일이 누설될까 두려워 그만두었죠. 재물을 얻지 못하면 불공드릴 것이 없었어요. 특을 죽이고 싶었으나 힘으로 당해 낼 수 없었죠. 그저 잠자코 있을 수밖에 없었어요.

특은 자기 죄를 알고는, 궁 담장 밖 맹인 점쟁이에게 가서 말했습니다.

"며칠 전 새벽에 이 궁 담 밖을 지나는데 어떤 사람이 서쪽 담장을 넘어 나오더라고요. 도적인 줄 알고 소리치며 쫓아갔더니 그 사람이 갖고 있는 것을 버리고 달아나데요. 그래서 버린 걸 주어서 본래 주인이 찾아가길 기다렸지요. 그런데 염치없는 우리 주인이 내가 뭘 갖고 있다는 걸 듣고서는 와서 찾더라고요. 다른 것은 없고 비녀와 거울만 얻었다고 말하니까, 우리 주인이 글쎄 가져갔어요. 그런데 그 욕심이 끝이 없어 죽이려고 들어서 도망갈까 하거든요. 도망가는 게 좋겠죠?"

"도망가는 게 좋지."

그 이웃 사람이 옆에 있다가 그 말을 듣고는 특에게 말했죠.

"네 주인이 누군데 노비를 이처럼 학대하더냐?"

"우리 주인은 젊고 글을 잘 지어서 조만간 급제할 겁니다. 그런데 이처럼 탐욕스러우니 훗날 조정에 서면 어떨지 볼 만하겠죠?"

이 말이 퍼져서 궁으로 들어갔습니다. 궁인이 대군께 고하였고, 대군께선 남궁 사람들에게 서궁을 수색하게 하였습니다. 제 의복과 보물이 하나도 없자, 대군께서 크게 화를 내셨어요. 서궁 시녀 다섯 사람을 뜰에 끌어내고, 형벌 도구를 벌이고 명령하셨습니다.

"이 다섯 명을 죽여서 다른 이에게 본보기를 삼도록 해라. 매 숫자를 세지 말고 죽도록 쳐라."

다섯 사람이 말했습니다.

"한 마디만 하겠습니다."

대군께서 말씀하였습니다.

"무슨 말이냐?"

은섬의 공초*는 이렇습니다.

"남녀의 정욕은 귀하든 천하든 사람이면 모두 다 있는 법입니다. 한 번 깊은 궁에 갇혀서 홀로 지내니 꽃을 보고 눈물 흘리고 달을 대하여 슬퍼했지요. 매화 열매를 꾀꼬리에게 던져 쌍쌍이 날지 못하게 하고, 발을 쳐서 제비가 쌍으로 집을 짓지 못하게 했습니다. 그것은 다른 이유가 아니라 부러움과 질투심 때문입니다. 한 번 담장을 넘으면 세상의 즐거움을 알 수 있지만 그렇게 하지 않는 것은 어찌 힘이 부족해서였겠습니까? 주군의 위엄이 두려워서 이 마음을 지키고 궁중에서 말라죽을 계획이었습니다. 이제 지은 죄도 없이 죽게 되었으니 저희는 황천에서도 눈을 감지 못할 것입니다."

비취의 공초는 이렇습니다.

"주군의 은혜는 산보다 높고 바다보다 깊으니, 저희가 감사드립니다. 저희

---

* 공초(供招) | 범죄 사실을 털어놓는 것.

가 하는 일이란 거문고와 문장뿐입니다. 이제 씻을 수 없는 오명이 서궁에 두루 미치니 사는 게 죽는 것만 못합니다. 원컨대 속히 죽여주옵소서."

옥녀의 공초는 이렇습니다.

"서궁의 영화에 제가 참여하였는데, 서궁의 재앙에 저 홀로 피하겠습니까? 화염이 곤륜산을 태울 때 옥과 돌이 같이 타는 법이니, 오늘 죽음은 제대로 죽는 것이겠습죠."

자란의 공초는 이렇습니다.

"저희는 모두 평민의 천한 여자이니, 어찌 남녀의 정이 없겠습니까? 항우項 羽는 영웅이거늘 장막에서 눈물을 감추지 못하였다고 합니다.* 주군께서는 운영에게 홀로 남녀의 정을 없게 하려 하십니까?

김진사를 내당으로 끌어들인 것은 주군이십니다. 운영에게 벼루를 받들라고 한 것도 주군이시고요. 운영이 깊은 궁에 있다가 한 번 잘생긴 남자를 보자 정신을 잃고 병이 들게 되었습니다. 아무리 좋은 약이나 의사라도 고치기 어려운 지경이었어요. 운영이 아침 이슬처럼 사라진다면 주군께서 측은히 여기시더라도 무슨 소용 있겠습니까? 제 우둔한 생각으로는 한 번 김진사에게 운영을 보게 하여 두 사람의 원한을 풀게 한다면 주군의 적선積善이 막대할 것입니다.

운영이 남자를 만난 것은 저한테 죄가 있지 운영에게 있지 않습니다. 운영이 무죄라는 저의 말은 위로 주군을 속이지 않고 아래로 동료를 속이지 않습니다. 오늘 죽음은 또한 영화로운 것입니다. 바라건대 주군께선 제 몸으로 운영의 목숨을 대신하길 빕니다."

저의 공초는 이렇습니다.

"주군의 은혜는 산과 바다와 같습니다. 정절을 지키지 못했으니 그 죄가 하나요, 앞서 지은 시로 주군께 의심을 받았는데 끝내 바른 대로 고하지 않았으니 그 죄가 둘이요, 서궁의 죄 없는 이들이 저 때문에 같이 죄를 받으니 그 죄가 셋입니다. 이 세 가지 죄를 지고 살아간들 무슨 면목이 있겠습니까? 만약 죽이길 늦추신다면 자결할 것입니다. 속히 죽여주소서."

대군은 다 보시고 나서 자란의 공초를 다시 펼쳐보셨죠. 화가 조금 가라앉으신 듯했어요. 소옥이 무릎을 꿇고 말했습니다.

"전에 빨래할 때 성안은 안 된다고 한 게 제 주장이었습니다. 자란이 밤에 남궁에 와서 간절하게 청하기에 그 뜻이 가련해서 여러 의견을 뒤로하고 따랐지요. 운영의 잘못은 저한테 죄가 있지 운영에게 있지 않습니다. 운영은 죄가 없습니다. 바라건대 대군께서는 제 몸으로 운영의 목숨을 대신하소서."

대군은 화가 조금 풀어져서 저를 별실에 가두고 다른 이들은 풀어 주셨어요. 그 날 밤 저는 수건으로 목을 매어 죽었지요.

진사는 붓을 잡고 기록하고 운영은 옛일을 자세히 말하였다. 두 사람은 마주 대하여 슬픔을 가누지 못하였다.

운영이 진사에게 말하였다.

"이후는 낭군께서 말씀하시지요."

진사가 말하였다.

운영이 자결한 날 온 궁인이 통곡하며 형제자매를 잃은 듯하였소. 곡성이 궁문 밖으로 들렸고. 나 역시 듣고는 정신을 잃었답니다. 집안사람들이 초상이 났다고 하고 한편 소생시키려고 힘써서 저물녘이 되어서야 깨어났지요. 정신을 차려보니, 일은 이미 어그러진 것을 알았소. 부처님 공양 약속이나 지

---

* 항우는 한(漢)나라에 패하여 도망가다가 곤경에 처하자 우미인(虞美人)을 보며 눈물을 흘렸다.

켜서 황천의 혼을 위로하려고 금비녀와 거울과 문방사우文房四友를 모두 팔아서 쌀 사십 석을 만들었소. 그것으로 청량사淸凉寺에서 불공을 드리고자 하였습니다. 그런데 믿고 부릴 만한 사람이 없어서, 특을 불러 말했지요.

"네 지난 죄를 모두 용서해 줄 테니 나를 위해 충성하겠느냐?"

특이 뜰에 내려가 머리를 조아리며 울더군요.

"제 지은 죄는 머리털을 뽑아 세어도 다 세지 못할 겁니다. 이제 용서해 주시면 고목에서 잎이 나고 해골에 살이 생기는 격이니 죽도록 힘을 다하지 않겠습니까?"

"운영을 위해서 불공을 드리려고 하는데 믿고 맡길 사람이 없구나. 네가 가겠느냐?"

"삼가 말씀대로 하겠습니다."

특은 즉시 절에 올라가서는 승려들에게 말했답니다.

"쌀 사십 석을 어찌 모두 불공에 쓰겠는가? 술과 안주를 많이 사서 널리 손님들을 불러 먹이는 게 좋지."

한 번은 어떤 마을 여자가 지나가는데, 특이 협박하여 승방에 머물게 하기도 하였소. 열흘 남짓 지났는데도 불공을 올릴 기미가 없자 절의 승려들은 화도 냈지요. 불공을 지내는 날에 승려들이 말했다오.

"불공에는 시주하는 이의 태도가 중요합니다. 이처럼 불결하면 안 됩니다. 맑은 시내에 가서 목욕하고 몸을 깨끗이 해서 예를 갖추어야 합니다."

특은 할 수 없이 나가서 잠깐 물을 묻히고는 불상 앞에 꿇어앉아 기도했소.

"진사는 오늘 죽어 버리고 운영은 내일 다시 살아나서 제 아내가 되게 해주세요."

삼 일 밤낮 기도 드린 내용이 이것뿐이었답니다.

특이 돌아와서는 제게 말했소.

"운영 각시는 살 길을 찾았을 겁니다. 불공을 올린 날 밤 제 꿈에 나타나서는, 지성으로 불공을 드려줘서 감사하다고 절하며 울더군요. 승려들 꿈에도 그랬답니다."

저는 그 말을 믿고 목 놓아 통곡하였소.

마침 과거 시험이 멀지 않았지요. 저는 시험 볼 뜻이 없었지만 공부한다고 핑계 대고 청량사에 올라갔소. 며칠 머물다가 특의 일을 자세히 듣게 되었지요. 너무 화가 났지만 어쩔 수 없었소. 그저 불상 앞에 엎드려 빌었지요.

"운영이 죽기 전에 한 말을 차마 어길 수 없어서 특에게 불공을 올리고 지성으로 기도하여 명복을 빌라고 하였습니다. 이제 이 종놈이 했다는 기도를 들어 보니 정말 나쁜 놈이요, 운영의 유언은 허망하게 되었습니다. 그래서 제가 다시 기도 드립니다. 세존께서 운영을 다시 살려 주셔서 저의 원통함을 면하게 해주십시오. 종놈은 죽여서 사슬에 묶어 지옥에 가두고 삶아서 개한테 던지소서. 세존께서 이렇게 해주시면 운영은 십이 층 금탑을 지을 것이요, 저는 큰 사찰 세 채를 지어서 은혜에 보답하겠습니다."

기도가 끝나자 절을 하며 머리를 조아렸습니다. 그 후 칠 일 만에 특은 사고로 죽었답니다.

이후로 저는 세상일에 뜻이 없어 목욕하고 새 옷을 입고는 조용한 방에 누워 삼 일 동안 먹지 않았소. 그리고 길게 한숨을 쉬고는 결국 일어나지 않았습니다.

진사는 적기를 마치고 붓을 던졌다. 두 사람은 마주 대하여 슬픔을 가누지 못했다. 유영이 위로하였다.

"두 사람이 다시 만났으니 소원이 이루어졌고, 원수인 종놈이 죽었으니 원한도 씻었는데 왜 그리 계속 슬퍼하시는지요? 다시 세상에 나오지 못하는 게 한스럽습니까?"

진사가 눈물을 거두고 말하였다.

"우리 둘은 원망을 품고 죽었습니다. 저승사자가 죄 없는 것을 가련히 여겨서 다시 세상에 보내고자 하였소. 저승의 즐거움이 세상보다 못하지 않은데 천상의 즐거움은 어떻겠소? 그래서 세상에 나오길 바라지 않았소. 오늘 밤의 슬픔은, 대군의 몰락을 안타까워한 것이라오. 고궁엔 주인이 없고 까마귀와 참새가 슬피 우는데 사람 종적은 없으니 정말 슬프군요. 게다가 전란을 겪은 터라 화려한 집들이 재가 되고 담장은 무너졌더군요. 다만 꽃이 지천이고 풀만 무성하여 봄 경치만이 옛날 모습 그대로라오. 사람 일은 이처럼 쉽게 변하니 옛날을 생각하매 어찌 슬프지 않겠소?"

"당신들은 천상의 사람이오?"

"우리 둘은 하늘나라의 신선이라오. 오래도록 옥황상제의 책상 옆에서 시중을 들었소. 하루는 옥황상제가 나에게 하늘 정원에서 과일을 따고고 하셨소. 그래서 3천 년 만에 한 번씩 열린다는 복숭아 '반도蟠桃' 등 하늘나라 과일을 많이 따서 운영에게 주다가 그만 발각되었소. 그래서 세상으로 유배당하여 괴로움을 겪은 겁니다. 이제 옥황상제께서 잘못을 용서하셔서 다시 시중들게 하셨소. 그 후 때때로 바람을 타고 와서 세상의 옛 자취를 찾는 것뿐이라오."

그러고는 눈물을 뿌리며 유영의 손을 잡고 말하였다.

"바다가 마르고 바위가 문드러져도 이 정은 없어지지 않을 것이요, 하늘과 땅이 늙어도 이 한은 사라지지 않을 것이라오. 오늘 저녁 당신과 만난 것은 전생의 인연이 있어서 가능한 것입니다. 바라건대, 그대는 이 원고를 전하되, 건달의 우스갯소리가 되지 않도록 하시면 천만다행이겠소."

진사는 취하여 운영에게 기대고는 시 한 수를 읊었다.

꽃은 떨어지고 제비 날아드니
봄빛은 여전한데 주인은 없네
오늘 밤의 달빛은 어떠한가
이슬이 푸른 날개옷 적시네

운영이 이어서 읊었다.

고궁의 꽃은 새 봄빛을 띠는데
천 년의 호화로움 꿈이 되어라
오늘 밤에 옛 자취를 찾아오니
흐르는 눈물이 옷깃을 적시네

유영 역시 취해서 잠이 들었다.

잠시 후 산새가 우는 소리에 깨어났다. 안개와 연기가 땅에 자욱하고 새벽
빛이 어스름했다. 사방을 둘러보아도 사람은 없고 다만 김진사가 기록한 책
이 놓여 있었다.

유영은 쓸쓸히 머뭇거리다가 책을 가지고 돌아와 상자에 넣었다. 그리고
때때로 책을 펼쳐보면서 멍한 채 밥 먹는 것도 잊었다. 이후 명산을 두루 유
람하다가, 어디서 삶을 마쳤는지는 알려지지 않았다고 한다.

작품 해설 | 이대형

남녀간의 진실한 사랑을 다룬 한문소설

남자와 여자의 애정은 문학에서 중요하게 다루는 주제다. 사람살이에서 그만큼 중요한 문제이기 때문이다. 조선시대에는 요즘처럼 애정을 공개적으로 표현하지 못하였다. 남녀는 엄격하게 예의를 기준으로 구별되었으므로 '남녀가 사귄다.'는 말이 존재하지 않았다. 그러나 그 시대에도 남녀의 관계는 사람들의 관심을 끌었다. 이 책에 실린 두 편의 작품은 두 사람의 애절한 사랑과 이것을 용납하지 않는 사회적 제약 때문에 이별하게 되는 이야기를 담고 있다. 진정 어린 사랑은 언제나 그것 자체로 감동을 준다.

　소설에는 다양한 부류의 작품이 있는데 조선시대의 소설은 아이나 여자를 대상으로 하는 한글소설과 지식층을 대상으로 하는 한문소설로 구분이 가능하다. 미감美感이라든가 여러 면에서 구별되기 때문이다. 이 책에서 소개하는 「심생전」과 「운영전」은 전기傳奇 계열의 한문소설이다. 전기는 짤막한 분량에 아름다운 문체로 특이한 사건을 그려낸 이야기라는 특징을 지닌다. 「심생전」에 나오는 편지나 「운영전」에 나오는 여러 편의 시는 이야기의 속도를 늦추면서 서정적인 정감을 강화하는 역할을 한다.

애틋하고 가슴 아픈 사랑을 그려낸 「심생전」

「심생전」의 판본과 작자 이옥

「심생전」은 이옥과 김려가 주위 문인들의 글과 자신의 글을 모아 편집한 『담정총서薄庭叢書』에 실려 있다. 이 책에서는 현재 유일하게 전해지는 『담정총서』를 기본 텍스트로 하여 번역하였다.

　작자는 이옥李鈺으로 18세기 말에 당시 임금인 정조에게 문체 때문에 책망을 받았다. 당시 성균관에 다니는 학생이었는데 이후에도 문체 때문에 지적을 받곤 했다. 요즘과 달리 조선시대에는 문체가 사회 기풍과 밀접하게 관련을 맺는다고 생각하여 중요시되었다. 특히 정조는 문체를 바로잡음으로써 사회 기풍을 확립하려고 하여 지식인들의 문체를 검열하여 고치도록 하였는데, 이옥이 거기에 걸린 것이다. 이옥의 한시들은 대단히 여성적이라는 평가를 받는다. 도시 여인들의 모습을 감성적인 필치로 잘 묘사했다는 것이다. 「심생전」 역시 감성적인 문체로 이루어져 있다. 심생과 여인이 앞서거니 뒤서거니 하다가 보자기가 날려서 둘의 눈이 마주치는 부분은 압권이라 하겠다.

압축된 서술이 돋보이는 작품

「심생전」은 「운영전」과 마찬가지로 '전傳'이라는 제목을 달고 있으나 전래의 한문 양식인 '전'이 아니라 소설에 해당한다. 「운영전」에서는 다수의 인물이 등장하는 것에 비해 「심생전」에서는 주로 심생과 여자 둘만의 모습이 전면에 나오고 여타 인물은 배경처럼 서술할 뿐이다. 특히 「운영전」에서는 주인공의 사랑을 방해하는 세력이 안평대군과 '특'이라는 인물을 통해 구체화되는 데 비해 「심생전」에서는 가족의 압력으로 만날 수 없게 된다고만 짧게 서술되어 있다. 이렇게 군더더기 없이 절제된 서술 때문에 읽은 후 여운이

길게 남는다. 「심생전」은 무엇보다 문체 면에서 뛰어난 작품이다.

이야기와 평가의 차이

「심생전」의 마지막에 '매화외사가 말한다.' 부분은 '전傳'의 형식에서 유래한 것이다. '전'의 경우에 인물의 특징적인 면모를 앞서 서술한 다음 그에 대한 평가를 내림으로써 마감한다. 「심생전」은 '전'의 형식을 따라서 그에 해당하는 부분을 마련하였는데 정작 내용을 보면 본래 '전'의 경우와는 다름을 알 수 있다. 인물에 대한 평가가 아니라 그 이야기를 전해 들은 경위를 말하는데, 이는 당나라 때 유행한 전기傳奇에서 흔히 볼 수 있는 방식이다. 여기서 주목할 것은 심생과 여인의 사건을 통해서 전달하는 메시지와 서당 훈장이 말하는 메시지의 차이다. 신분이 다른, 매파를 통하지 않은 두 청춘남녀의 사랑은 사회적으로 공인될 수 없는 사건이다. 그러한 사랑을 담은 이야기도 비판 대상이 되므로 교훈적인 언급으로 포장해서 비판을 완화하려고 했다.

궁녀들의 자의식을 담은 「운영전」

「운영전」의 여러 이본

「운영전」은 작자가 알려지지 않았지만 여타 유명한 고소설처럼 여러 이본異本이 있다. '이본'이란 동일한 작품에 속하지만 부분적으로 다른 경우를 말한다. 고소설은 요즘처럼 출판업자가 인쇄를 해서 판매하여 유통되는 경우는 미미하고 대부분 손으로 베껴 쓴 필사본의 형태로 읽혔다. 조선시대에는 종이가 귀했으므로 소설을 대량으로 출판하는 것은 어려웠다. 일반인들은 필사본조차 다수 확보하기가 어려웠다. 사람들은 대부분 다른 이가 읽어 주는 것을 옆에서 듣는 방식으로 소설을 접했다.

「운영전」의 이본은 크게 한문본과 한글본으로 나뉘는데, 한문본이 원본이고 한글본은 한문본을 번역한 것이다. 한글본은 서로간에 내용 변화가 큰데, 한문본은 내용의 차이는 거의 없고 글자 표현의 차이 정도만 보인다. 이 책에서는 『필사본 고전소설전집』(김기동 편, 서울 아세아문화사 간행, 1980)에 수록된 것을 바탕으로 하고 부산대학교 소장본을 비교하면서 번역하였다.

「운영전」은 '수성궁몽유록' 또는 '유영전'이라는 제목이 달린 이본도 있다. '수성궁'은 작품에 등장하는 건물이고 '몽유록夢遊錄'은 '꿈속에서 노닌 이야기'라는 뜻으로 작중 인물의 꿈을 통해 사건을 이야기하는 방식을 뜻한다. 몽유록은 꿈속으로 들어가는 장면과 꿈을 깨는 장면 그리고 꿈속 사건 이렇게 세 장면이 확연히 구분되고 대부분 주제가 직설적으로 드러난다. 이런 면에서 볼 때 「운영전」은 작중 인물이 꿈속에서 사건을 경험하기는 하지만 꿈속 사건이 일반 몽유록의 직설적 방식과는 다른 애정소설의 면모를 보인다.

'유영'은 김진사와 운영의 이야기를 전해 듣는 작중 인물이다. '유영'을 작자로 보는 견해도 있다. '전傳'이라는 함은 한문 산문의 양식 가운데 하나로서 요즘 말하는 전기傳記와 유사하기는 하나 짤막한 분량에 인물의 특징을 집중적으로 서술하고 평가한다는 데서 구별된다. 「운영전」은 운영이 중심 인물이기는 하나 운영에 대한 평가가 아니라 운영이 겪는 사건에 초점을 두는 소설이다. '소설'이면서도 '전'이라고 제목을 붙인 것은 소설이 등장할 때 이미 자리를 잡고 있는 여러 양식의 이름을 빌려 썼기 때문이다.

편찬 시기
「운영전」에 등장하는 안평대군(1418~1453)은 세종의 셋째 아들이다. 작품에 등장하는 '비해당匪懈堂'은 그의 호號이기도 하다. 안평대군은 계유정난癸酉靖難 때 역적으로 몰려 유배당하였다가 결국 죽음에 이르고 말았다. 안평대군을 중심으로 김종서金宗瑞와 황보인皇甫仁 등이 역모逆謀하였다고 하였으나 사실은 수양대군이 왕이 되려고 원로대신들을 없애고 스스로 정권을 잡은 것이다. 안평대군은 영조 때에 가서야 누명을 벗고 복위되었다. 안평대군을 보는 관점이 호의적인 이 작품은 역적으로서의 인식이 어느 정도 누그러진 숙종 대 이후에 지어졌을 것으로 본다. 「운영전」이 「상사동기」나 「위경천전」 등 17세기 초를 전후로 등장한 소설들과 함께 묶여 읽혔다는 기록들로 보아 17세기 즉 숙종 대에 지어졌으리라고 추론할 수 있다.

비극적 애정을 통한 사회 비판
「운영전」은 고소설에 드문 '비극적 결말'을 보이는 작품이라고 하여 일찍부터 주목을 받았다. 비극이란, 운명이나 사회 관습 등 개인의 힘을 능가하는 세력에 대해 자신의 의지를 굴하지 않고 맞서나가다가 결국 자신의 뜻을 실현하지는 못하지만 그러한 과정을 통해 감동을 주는 것을 말한다. 궁녀인 운영과 김진사는 그 당시 정상적으로는 이루어질 수 없는 사랑을 꿈꾸다가 사랑을 이루지 못하고 죽음을 맞는다. 진실한 애정과 이를 방해하는 힘의 대결을 비극적 모습으로 보여 주었는데, 이를 통해 진실한 애정을 가로막는 사회 질서의 부조리가 드러나는 것이다. 그런데 그들은 죽음으로써 끝나지 않고 사후에 신선이 되어 다시 만났고, 이러한 사건이 유영을 통해 밝혀진다. 그렇다면 결국 비극으로 볼 수만은 없지 않을까? 그러면서도 속세에서 사랑을 이루지 못한 것에 대해 신선이 되어서도 안타까워하는 모습은 비극적 심상을 강화하기도 한다. 과연 이 작품이 어떻게 읽히는지 찬찬히 음미해 보는 것도 재미있는 일이다.

「운영전」에서 주목해야 할 부분은 궁녀들의 자의식이다. 궁녀로서 김진사를 사랑하는 운영은 말할 것도 없고 그 밖의 궁녀들이 자신의 신세를 한탄하는 모습은, 남녀간의 애정을 포함한 정情보다는 예의를 중시했던 조선 사회의 변화를 보여 준다. 자신의 굴레를 벗어나려는 인간의 노력은 언제나 힘겨운 법이고 인간 삶의 근원적인 모습이기도 하다.